钱万成

——著

万成作品选

里书外

散文卷 Ⅲ

时代文艺出版社

目 录

关 于 读 书

1

有书不读，不如无书。

2

书是传承光明的火炬。书一旦成为一种装饰品，就失去了存在的价值。

3

书是爱书者的挚友。

书不择人，人要择书，得好书，开卷有益；得坏书，染指多害。

4

书不可滥藏，藏多则读少。

读不可不精，精则过目能详。

5

案上多书，多数不能卒读。

一书在手，方可专心致志。

6

读书宜静，静才能多思。

读书宜精，精才能多得。

7

读书犹如看山，最忌一叶障目，一叶障目就无法看到远处的风景。读书亦如掘井，更忌浅尝辄止，浅尝辄止便无法尝到深处的甘洌与清凉。

8

读有用书，能不断完善自我。

读无用书，等于浪费生命。

9

偶读闲书，如同劳作之后林间散步。

总读闲书，便是把自己当作了无所事事的浪子。

10

读死书，死读书，都属强读书者，功夫不负有心人，能
得到知识。

读好书，好读书，皆为善读书者，功夫全在书外，能得
书中真味。

11

读书没有心得，无异于不读。

读书有三种境界：一曰雾里看花，美则美矣，但始终朦
朦胧胧；二曰水中望月，舒朗真切，但却不着边际，看得到
摸不到；三曰登高望远，绝顶鸟瞰，众山委于足下，万物拥

于怀中。入第一境者，除愉悦之外一无所获。入第二境者，愉悦之外，能增长知识；只有人第三境者，既得愉悦，又长知识，更重要的是增长才干。

12

会读书者，少读精读。

不会读书者，多读且滥。

13

水滴石穿，贵在锲而不舍。

铁杵成针，贵在神情专注。

14

书是人类进步的阶梯。

书是开启心灵的钥匙。

书是人生最好的伴侣。

15

书是一位智者，它让人类变得聪明。

书是一位仁者，它让社会变得文明。

16

书是一位忠实的朋友，在你寂寞的时候陪你聊天，在你痛苦的时候给你安慰，在你迷途的时候为你指明方向，在你失去信心的时候给你无限的力量。

17

与书为友，你可以向它倾诉所有的心事，公开所有的秘密。书不会欺骗，书也不会背叛。

18

它会默默地伴你度过一生。
它对你只有奉献，没有索取。

读书的真意并非就是学习

书中自有颜如玉，

书中自有黄金屋。

读书破万卷，

下笔如有神。

独有书可医胸中俗气。

这些，都是古人劝读书上进的金玉良言。有的是出自帝王之口，有的出自文人之口，但我总觉得帝王之见也好，文人之悟也好，在理亦皆在理，但都未免太功利性。读书理应是一件十分轻松的事，一旦与功利目的连在一起，却一下变得沉重起来。所以，头悬梁锥刺骨，囊虫映雪，凿壁偷光，就成了刻苦读书的典范。

其实真正意义的读书和学生上学求知根本就不是一回事儿。学生上学，授业解惑和投师学艺是一回事儿，目的在于身获一技，受用一生，也就是现代意义的谋生工具罢了。而读书对于真正的读书人或是有嗜书癖者，则如同人之于阳光，之于水，之与粮食，之于空气一样，是一种自然的需要。所以，真正意义的读书非但不累不苦，而且还会有无穷趣味。

在这一点上，我很欣赏西方的先哲。比如说叔本华，他在《生存空虚说》中写道："高级的精神文化，往往会使我们渐渐达到另一种境地，从此可不必再依赖他人以寻求乐趣，书中自有无穷之乐。"孟德斯鸠则说："爱读书就是用无聊的时间换取快乐。"喜欢读书，就等于把生活中寂寞的辰光换成巨大享受的时刻。这与我们古人动辄"忧愁非书不释，忿恕非书不解，精神非书不振"或"三日不读书便觉面目可憎"相比，不知要轻松多少倍。

有时我也暗自猜想，我们的古人之于读书也未必都出于功利目的，这只不过是当权者或当父母者劝百姓劝子女好学上进的一种倡导。比如好读书不求甚解的五柳先生，比如善批典籍的金圣叹先生，都是爱读闲书，把读书作为人生需要的主儿。就是囊虫映雪、凿壁偷光的两位，当初也未必都在读有用之书，如果是在借着雪或别人家灯光看一本有趣的小说，那也是别有一番乐趣。

所以，我说读书有时就是一种需要。当然，这仅仅是对我或是与我一样的书虫。

半 个 作 家

　　因为在报刊上发了几篇不痛不痒微不足道的小文，出了几本在现时没能造成轰动也不可能在将来永远流传的小书，便常被一些人称为作家了。其实，作家只是我18岁那年第一次发表作品时的一个梦，是被虚荣被名利被男男女女老老少少艳羡目光所拽动的一份痴情。如果说用十几年汗水和心血痛苦与欢乐换来的这顶虚无的帽子必须称作作家的话，那我只能勉强说可以算作半个作家。因为写作在我事业的集合体中仅占有很少很少的股份，写作之外还有许多作为作家不须承担的义务和责任。我自诩这是半文半政，朋友则谑称"水陆两栖"，想想，也对。

　　半个作家有诸多作家意想不到的艰难。作家大多不用坐班，起居完全自主，想睡就睡，想起就起。半个作家却绝对不能，在他那儿从不实行"自由时"。作家除了写作学习到月去领工资可以少为别的事情操心。半个作家却要于写作之外在班上8小时内做他必须做的事情。见一些想见或不想见的人，说一些愿说或不愿说的话，开一些必要或不必要的会，干一些可干可不干的事。等等，等等。直到心疲体倦才拖着沉重的双腿踏进家门。但绝不能马上读书写作或仰于床上闭目养神，而是开灶生火，或提篮买菜，与妻共忙，不亦累乎。

半个作家从无作家的那份潇洒。作家可以坐拥书城在敞亮的书房里读心爱之著，怡心怡情怡然自乐，可以伏身班台之上埋头微机之前随心所欲纵情千里，可以聚三朋五友品茗吞云谈玄论道，可以赴同道之约南船北马访胜探幽。然半个作家只能于政务之余闲暇之时翻翻书报，且不可明目张胆以免不务正业之疑。只能于夜阑更深妻安子静之后守孤灯一盏，半卧床头或向之一隅驰思骋想，将只言片语录于纸上。只能于工余班后三五故旧侃侃文学叙叙友情。只能借公出、会议之便看看真水拜拜名山。半个作家不能像作家那样不修边幅无所顾忌想说就说想唱就唱想怒就怒且喜且忧放浪形骸。总之，不能这样，不能那样，必须恪守半文半政半个作家的种种"不能"。

当然，半个作家也有半个作家的好处。比如半个作家绝无圈里作家的磕磕碰碰。半个作家可不自视或不被视为纯粹的文人，和真正的作家相见一声老师便天下相安。再比如半个作家写不出作品绝不会像"工资作家"那样遭人白眼。绝不用担心某某真乃无能之辈白拿工资徒有虚名什么也写不了的訾议。更不必为作品平平在前辈面前同道面前乃至学生面前羞愧万分。半个作家写作实乃业余爱好，成功与否尽在两可之间。成功了便会得到你看人家某某同在宦途，人活得精神事做得利落还写得一手锦绣文章拿工资拿稿费，何其有才何其可敬的盛誉。一旦不能成事，只消说句正事还忙不过来哪有工夫写什么文章？一言既出四座皆惊。啊，原来先生工作那么繁忙岗位那么重要前程那么远大，顷刻之间无不肃然起敬。

　　这里决无对业余创作的侮谩之意。同好者若持异端，此文权作我的自画像可也。我事业余写作十又五年，诗逾千首，文字百万，先后出有散文、诗歌、童话作品二十余部（册），可谓事有所成。然近来公务繁杂已感"钱郎"才尽，半年不曾写得公文之外的文章，恐这半个作家也是虚担其名了。

枕　书

　　去过中南海毛主席故居的人，都知道他老人家生前有与书共眠的习惯。在我身边也有这么一个主儿，虽无领袖的知识渊博，却也学了伟人的习惯。独身的时候，半床衾枕半床书，一时曾成了朋友间的谈资。时光荏苒，那张床后来换了地方，那半床书也挪上了几案，放书的地方也变成了美人，书香变成了温馨，有朋友曾问：书与美人孰更可爱？该兄笑而不答。

　　一日，新娘子回家省父母，三四友共聚其室，半卷衾头是枕，枕下皆书。友等以为是《新婚指南》之类，争相翻审，岂料竟是钱钟书、朱光潜、老子、庄子、韩非子，好不难堪。书主窃笑，曰：你等小人，只识姣，不识书，不可教也。

　　十几年过去，想不到自己也染上这枕书之习。每每得心爱之著便随手压于枕下，待放了碗筷仰于床头，或一觉醒来钻出被窝，抽出书来翻上几页，不计时间，不求功名，或前或后，无秩无序，且翻且看，怡然自乐。久而久之，亦得枕书之妙。

过去曾翻过一本什么书，名字已经记不得了，但内容大体是说人有第七感（不是说特异功能），可以潜在地发挥作用，就像鸡听了音乐可以多产蛋，猪常接触绿色可以长膘一样，人如果枕书而卧，梦中同样可以阅读。我枕书十几年，却不曾有过这样的经验。梦中尝与人谈过书中之语，言过书中之事，但皆为睡前过目使然，并非得力于第七感。

天津有位作家叫冯骥才，他也有一个习惯，摸书。他说、闲时从书架上抽下几本新新旧旧的书翻翻，看看，摸摸就是一种享受。读过和未读过的都是一样，读过的书诚如旧友，见了面握一握手，无言对望，有时比寒暄更能交流情感；而未读过的书，就像一扇门不轻易打开，让里面永远充满诱惑，更有一种神秘的快感。所以书有时未必非得去读。"人与书的境界是超越读"。这是他的名言。当然，我辈愚钝，对此还不能大彻大悟，但我确信，摸书和枕书的功效，决不在读书之下，即由摸或枕而产生的愉悦感。

枕书者未必具得读书之要旨。我未得，我非治学之人，读书只是兴之所至。在外有一天的工作要干，回家有妻儿老小要想。且蜗居斗室，只有那半张床，一只枕头是属于自己的。若倒头就睡，夜里总会多梦。若卧而不睡，又会胡思乱想。如是，只好假于书，假于这位永远不背叛自己的朋友。翻时在枕上，合时放枕下，枕与书，书与枕，书枕与我，共度岁月，这世界便少了一份寂寞。

寂寞才读书

有句很流行的古话，是"书到用时方恨少"，听起来很是那么回事儿。因为一个人就是一辈子都泡在书斋里，也的确无法读完那浩如烟海的书，更何况我们每天还有那么多俗事儿。可这句古训听来又不那么顺耳，我总觉着那里面的功利性太强，好像读书只为用，无用不读书。

我这个人不成器，做什么事情的目的性总不很强。十二岁那年我辍学放猪，猪撒到四面有高崖的河湾里，便再无事可做。于是就想起了八哥天棚上那蒙尘的破书，收了猪群去借，借回来却忘了读。第二天又到河湾，又无事可做，这才想起下午出来时一定带上那书。

那是一本没头没尾线装繁体竖排的古董，我每天囫囵吞枣翻上几十页，借此打发难挨的时光。好在那里的故事还能看懂，是写林黛玉和薛宝钗如何争风吃醋，贾宝玉又是如何风流倜傥的。每每这时，猪群里便会有大不敬者，不是前来打扰，就是跑散群了，那书也便算读完了。

二十几年前总是寂寞了才读书。在学校里当学生时，每天的课业时间极紧，那时盼的就是放假。放了假，待上几天又生寂寞，这才又想起应该看一点"闲"书。像《西游记》《三国演义》什么的。后来参加了工作，又娶妻生子，整天忙忙碌碌，便更没心思读书了。直到又进大学复读，过了两年离家的日子，才又开始在寂寞中读书。

近年来，几次易岗，工作日重，又加之每年都有书稿相逼，更难得与书为伴。直到日里有材料压手，晚上无力再爬格子时，才可躺在床上胡乱地翻一翻信手摸得的书。没有目的，也没有选择，得古便古，得今便今，遇上外国人也同样可得其乐。但这不是真正的寂寞，也算不得真正的读书。

寂寞才读书出于一种习惯，也出于一种需要。记得在我的第一部文集《黑土魂》的扉页上，我曾这样写道："寂寞的时候，有本心爱的书在手，你的心就不会空落了。你会走进另一个世界，那里有一个人或几个人在等你。他们都是真诚的，他们不会欺骗，他们都会成为你的朋友并和你娓娓交谈。这时，也只有这时，你才会抛却那些烦恼，抛却那些纠缠，你才能恢复那个不戴面具的本我，和他们一同享受快乐……"。这是我二十几年来的体验，说与诸君，也许能和某一位产生共鸣。

我读钱钟书

自读《围城》，便为先生的才气所俘虏。先是让人放也放不下的人物和故事，继而是散淡的语言和深邃的思想。"城里的人想出来，城外的人想进去。"岂止婚姻"围城"是这样，推及诸事，大体如此。后来又得《谈艺录》和《管锥编》，品读再三，始悟先生在当代于文于艺于史于哲之贡献，非我辈可妄言。

先生学贯于中西，博今通古。抛开小说不论，论学之著无不创辟独道，博大精深。先生之《谈艺录》《管锥篇》如有好事者研读之后分条列目，当为一部难得的社科大全。史学、哲学、文学、艺术、政治，且典精据凿。

纵观先生百余万言鸿篇巨制，要旨之一，便是人性之辨。人性为何物？性恶？性善？这一哲学命题，从东方先哲到西方先知，从古代智者到近世名贤，一直争论了几千年。钱先生不饰己见，一反儒、老各执一端之偏颇，将自然生存竞争，弱肉强食与社会之杀伐争斗、你死我活进行鲜明对比，并征引鲍照、仲长敖、赵孟頫、方中通诸位先贤"栖波之鸟，化水之虫，智吞愚，强捕小；高天大地，皆伏杀机，鱼跃鸢飞，莫非强食。""裸虫三百，人最为劣，爪牙皮毛，不足自卫，唯赖诈伪，选相嚼啮；父子兄弟，殊情异计；君臣朋友，志乖怨结；面从背违，意与口庚。""人心之险，非水之能喻也，谈笑而戈矛生，谋虑而机阱作。""心无形，险形万怪所从出，方寸聚天地古今之险，犹绰绰然。"等性恶之论，对孔、孟"民之归仁也，犹水就下"的不切客观的观点进行了批驳。但又不苟同性恶论者之恶，力排众偏，得出"法则大于道德说教"的结论，主张尊重规律，以猛制暴，以法治国。

论辩人性，便离不开人欲。先生对儒家美化人性、丑化人欲，把人性、天理，仁义同人欲、个性和势利对立起来，以及儒、老重礼轻利灭欲弃智的主张很不感冒。他认为爱身惜生重名好利，是人与禽兽最根本的区别。生命之所珍、名利之所重，是人类生存并推动社会实现文明的最大动力。驭民治国，必须最大限度地满足人们对物质、文化的需求。只有如此，才能使其发挥才智，实现价值。他还以司马迁重货殖的经济思想，批判了儒学士子们"君子不言利"之迂腐。"天下熙熙，皆为利来，天下攘攘，皆为利往。"这是无法回避的现实。他对"势利"亦有独特见解，认为"势利既有常变，世态必有炎凉，世事荣枯不定，遂使人脸映出阴阳，人情向背无常。"因此，人世间便不可能没有势利眼，没有势利是不现实的。认贼作父，助纣为虐，阳奉阴违，狐假虎威，势利众相，实属可鄙。但先生以为，此为人性弱点在所难免，细细想来，亦可发现其在人类进步中尚有作用。论辩之精，无隙可击。

先生于人性之辨，此列举乃凤毛麟角，细述二三，非我能及。平心而论，皮毛之掠，胡言如是，已是不讳肤浅。好在幸与先生同姓，五百年前曾属一家，故大胆杂陈，让书友们见笑了。

闲话帝王诗

在中华古国，帝王为诗似乎是一种传统。尧、舜、禹不论，从秦始皇作《洛水歌》开始，直至清逊帝傀儡皇帝溥仪无不喜于吟诵。汉高祖刘邦唱《大风歌》《鸿鹄歌》，汉武帝刘彻作《秋风辞》《瓠子歌》，魏武帝曹操领建安诗坛，开一代诗风。《观沧海》《龟虽寿》《短歌行》，千古绝唱，少有能比。魏文帝既承武业，又继文才，一首《燕歌行》，亦入名家之列。大唐太宗，能征善战，亦重诗名。《全唐诗》中能见者即百首之多。大宋太祖，虽行伍出身，变有《日诗》留存于世。朱元璋亦是马上皇帝，但其文集竟有三十卷之巨。及至满洲人入主京华，康熙大帝武功文治，更是远逾前古。那首"龙沙张宴塞云收，帐外连营散酒筹。万里车书皆属国，一时剑佩列通侯。天高大漠围青嶂，日午微风动采游。声教无私疆域远，省方随处示怀柔"的《塞上宴诸藩》，很是展示了一个大一统国家君王心怀四方、福荫异族的雄图远略。在艺术上亦达到了相当高的境地。其诗数量之大亦是先前帝王所不及。今存《圣祖仁皇帝御制文集》有一百七十六卷，其中诗词占有相当大的比例。

尽管如此，在御制诗的数量上，他还远比不上他的孙子弘历。据史料记载，乾隆皇帝一生作了四万五千首诗。用他自己的话说："予以望九之年，所积篇目几与全唐一代诗人相埒，可不谓艺林佳话乎？"只可惜他的诗多数质木无文，或浮华枯燥，或虚字填凑，没有多少诗的味道。所以，除当朝文士没谁承认他是诗人，或说是优秀诗人。但是，作为一代君主，治国之余写下这么多诗，亦实可令人叹为观止。难怪他自己感到那么骄傲。不过他的诗亦有不可低估的价值。清初大思想家王夫之曾提出"以诗证史"。乾隆的诗便可入纪史之列。"予临御六十余年，中间大功屡集，鸿仪迭举。兼以予关心民事，课雨量晴，占年有岁，数十载如一日"，其间事之有关大体者，"不能不涉笔成章，以归纪实"。可见，乾隆给诗赋予了另一种职责，以诗纪事，以诗纪史。

在历朝帝王中，李唐、赵宋、朱明三朝能诗者最众，几乎个个能诗。但写得最好，诗才最盛者倒应属南唐后主李煜。他做皇帝不行，驽庸无能，留下的只是耻辱，但作为诗人却有极高的艺术天分。尤其是作为词人，在词的发展过程中占有重要历史地位。其前期作品主要反映宫廷享乐生活，离愁别恨，男女恋情，后期则主要写国破家亡、兴衰巨变之后的悲凉处境及故国之思、亡国之痛。像"帘外雨潺潺,春意阑珊,罗衾不耐五更寒。梦里不知身是客,一晌贪欢。独自莫凭栏,无限江山,别时容易见时难。流水落花春去也,天上人间。"(《浪淘沙·帘处雨潺潺》)。还有一首《虞美人·春花秋月何时了》,写的都十分凄婉沉痛,催人泣下。后世论家对其多有评价,最著者当属王国维。他说:"词至李后主而眼界始大,感慨遂深。"可见评价之高。

在帝王诗中还值一提的当是一代女帝武则天。她的诗作不多,但其诗亦像其人一样充满霸气。如《腊日宣诏幸上苑》:"明朝游上苑,火急报春知。花须速夜发,莫待晓风吹。"用一位论家的话说:"全诗充塞着一股傲气和霸气,极力显现要使人神都慑服于她的威严。诗为心声,在心为志,发而为诗。"这在帝王诗中体现得最为突出。再如刘邦的《大风歌》"大风起兮云飞扬。威加海内兮归故乡。安得猛士兮守四方!"以及朱元璋的《不惹庵示僧》等都写得踌躇满志,"骄横侮慢,不可一世。"但尽管如此,他们的诗才都无法同一位伟大的人物相比,那就是结束中国封建帝制历史的伟人毛泽东。他的诗大气磅礴,气吞山河,既展示了他个人宽阔的胸怀,也展示了时代的宏伟,他才是真正的诗人。

奥修的书

奥修之于我们是陌生的。至少对我来讲，在读到他这几本书之前还不知道这个名字。这位神秘的东方学者1931年出生于印度。虽然仅活到四十九岁，却为我们留下六百余本著作。他早年毕业于印度沙加大学哲学系，之后长时期在著名的杰波普大学担任哲学教授。他生前曾周游印度，并经常到世界各地讲学。他的讲演便是他的著作。所以，最先策划向中国读者介绍奥修的王国维先生说，奥修的书都是说出来的。他语调平缓滔滔不绝，把人类漫长的历史，通过极其通俗的语言讲述出来。因此，一般人都能听懂。尤其是他把很多深刻的道理，用通俗简单的故事加以阐述，娓娓道来，富有韵律，使听者心动。

作为一位哲人，奥修的著作内容极其丰富。他从切身的体验用现代的方式对古代哲人的思想做了深刻的阐述。但其主题却只有一个，那就是对人、对人类的关注，对人生或是生命本真的体悟。从他的著作中我们可以看到，他始终关注着人本身。他对落后的封建意识的审视，对资本主义物质肉欲的批判以及对人类终极关怀的追问，和其他哲人相比，都是独特的。平易，亲切，幽默，充满智慧和灵性。因此，熟悉他和他著述的人们称他为继泰戈尔之后，印度又一位重要的思想家。

读奥修的书，一点极为突出的感受就是他无时无刻不在强调体验。在他看来，无论是古希腊文明，还是东方文化，一切都是生命体验的结晶，是无数鲜活的生命所体悟出来的。所以，他要求人们自己去体验真理。但是，切不可把真理凝固，因为真理也是发展的，也是有生命的东西。同时，他还特别强调要关注经验，而不要过分依赖于理性。他说，对经验的体验来源于人的静心。静心是一件美丽的事情，是现代人热爱生活、勤奋工作、相互信任、充满爱心、精神富有的动因。可以说，这就是奥修思想的主体。

应该指出，读奥修的书必须批判地吸收。因为在他对生命和人生经验的体验中有一些虚无主义和唯心主义的色彩。他主张生命在于真实，真实源于自然，要创造心灵的"自然家园"，走自己的路，过自己的生活，把握自己的命运，有其积极的一面，但以唯物史观加以审视，亦有其消极的一面。所以，我们今天读他的著作就应该听从这位哲人生前的哀告：我不希望将我的思想强加给任何人，更不希望把我的思想变为你们的思想。我只希望，你们去分享我的思想，感受我的经验。看来，奥修是清醒的，更是可敬的。

一个人的世界

　　萨特说，一个人就是一个世界。这句话也许是对的，但并不十分准确。我倒想说每个人都拥有一个只属于自己的世界。这个世界只有一扇开给他的门，即使他最亲爱的人也无法一同走进去。那是他的，那里的天空有独特的色彩，那里的空气有无法表述的温馨。当他走进这世界的时候，一切现实社会强加给他的痛苦、烦恼、忧虑以及残酷的欲望，都会通通留在门外。他将变成另一个人，一个完全自由的人。在那一刻，他会有享受不尽的快乐和幸福。

　　但遗憾的是，不是每个人都能得到开启那扇门的钥匙。假如你始终不肯放弃那些可怕的利欲，禁不住身外世界的诱或，那便要注定你的一生都被烦恼所困扰，白白地让你的那个世界在你离开这个世界的时候，与你一同消失。你将成为一个本来应该拥有快乐、却终生不能快乐的人，这是多么不幸啊！

　　每个人都应该刻意去寻找自己的那个世界，不要指望会有人能把你领进那扇门。你的世界只为你所拥有，别人是无法企及的。找到那把钥匙，有人也许就在瞬间，可有人却要付出一生的代价。有人一生都生活在那个世界里，有人也许直到告别同伴与亲人的一刻才走进去。但不论一生也好，一瞬也好，只要你到过你的世界，比起那些终生都被利欲折磨的人，你都是幸运的。

　　这是一个人的世界。

　　真正的艺术就是在这个世界里产生。每一个艺术家都是在这样神秘的世界里进行创作。也许你看到的只是一间普通的画室，或是一张普通的书桌，看到的是你平日认识的某某。实际上，当他走进那画室，来到那桌前，他就不再是他，那画室，那桌子也不再是一个空间或一个什物。他们已经走进那神秘的领地，所有的色彩、形象、声音、语言都集中在那儿，他们的任务是取出属于自己的那一份儿。所以，当他们回到这个世界中来，捧出自己的作品，你会感到五彩缤纷，情调各异。遗憾的是，每当这时，你只知道感谢那些创造艺术的人们，却忘了他们所拥有的世界。这并不是说，我们每个人都可以成为诗人、作家、画家和音乐家了，因为寻找那条通往神秘世界的路是要付出心血、汗水、乃至于更大代价的啊。

　　我很迷信这个神秘世界，也曾为它付出无数的汗水和心血。我所写下的文字便是留在这跋涉路上足迹。我不敢说我已在那世界中获得了什么，因为生命属于自己，果实属于大家，酸甜苦辣只是一种体味，让时间去评说吧！

写在书外的跋

　　这本《趣味童话儿歌》是我的第二十二本小书。在这二十二本书中，除散文报告文学集《黑土魂》外，其余的都是写给（或编给）孩子们看的。

　　这本书是专门写给低幼儿童看的。书中收入的二百一十八首儿歌均是近年来的实验之作。说是实验，是因为在题材的选择上，写作手法上，以及赋予它们的功能上都不太符合一般儿歌的"礼法"，它们是儿歌王国里的新潮一族，是混了血的试管婴儿。

　　孩子的世界就是童话世界，孩子的方式，就是童话方式。在他们心中有着永远化不开的"童话情结"。在他们眼中一切都有血有肉，有语言又有感情。正是基于这种认识，故在这本儿歌创作中大量选取童话题材，且借鉴童话的表现方式，写成了童话儿歌。这是我近年来儿歌创作中一直的追求，但绝不是我个人的发明创造，因为在传统儿歌和创作儿歌中已有不少这类作品，我只是借鉴和学习而已，或者说这种联姻方式在我的创作中体现得更加充分更加明确罢了。

这种实验，目的在于为儿歌创作找到一条摆脱困境的出路。纵观新中国成立以来几十年的儿歌创作，虽出现了许多优秀作家和脍炙人口的作品，但总体感觉却不尽如人意。题材陈旧，相互重复，自己重复，成为一种极为普遍的现象。为此，一些有识之士在理论上和实践中都做过十分有益的探索，对儿歌革命起到了巨大的推动作用。童话入歌便是这些实验中较为成功的一种。童话儿歌首要的优势是它的题材本身就具有特强的趣味性，再以歌谣的形式表现出来，言简意赅，易记易懂，故而能得到孩子们的普遍欢迎。

儿歌革命，不仅仅是题材的拓展，在手法、功能、创作主题上也应该进行改革。我认为，首先应该明确儿歌也是诗，必须用诗的语言，有诗的意境。其次，必须做到艺术性、趣味性、知识性的有机结合。否则，它就不能入文学之列，而只能称作有韵脚的知识读物。我历来反对儿歌创作中单纯的教化性倾向，寓教于乐、寓教于趣可以，若为教而教，生硬呆板，何异于宗教经文？孩子们又怎么能愿意接受？

我认为儿歌创作应该先重情趣，次为意义。应该像诗一样，让孩子在艺术中能体味出真、善、美，引导他们追求真、善、美。

关于儿童读物

  现在的孩子和我们小的时候不同，不再是没钱买书，而是没书可买。只要他们稍有要求，任何父母都会慷慨解囊。书，更有诸多选择余地，书店里有，书摊上也有。文字书，图画书，半图半文书一应俱全。我的孩子今年十一岁，从七八岁起我就常常带他逛书店，对近年来的儿童书况，可谓之为熟了。

  五六年前那会儿，书店里的儿童书还不那么丰富，除了冰心、贺宜、张天翼、陈伯吹、严文井等老一辈作家的书和少许外国童话作家的书外，就是传统教育读物了。当代作家的作品非常少见，新人新作更是寥寥无几。至于低幼文字读物就更少，较有影响的只有上海少年出版社的《365夜》。

  后来书市开放，儿童读物可谓多矣。新潮童话，现代儿歌，外来故事，一股脑儿全杀了出来。特别是最近两年，各出版社都注重经济效益，把眼睛盯到了钱上。为讨孩子喜欢，电视演什么，各出版社争相出什么。《变形金刚》《忍者神龟》《黑猫警长》等等，均为这一潮流的产物。如今你逛逛书摊书店，儿童书中售量最大的便是这些打斗故事。孩子们看得着魔，学得更快。打斗、欺骗、威吓，什么都会。有的甚至大叫"我要统治整个宇宙""我要打败每一个人"，何等的"猖狂"。这在一定程度上可谓是书之所使，不能不引起出版者和整个社会的注意。

经营者注重经济效益，借助电视赚钱无可厚非，但儿童读物对孩子们智力发育、语言发展、行为习惯的影响也不能不予以考虑。这是社会效益，是关系到下一代的问题，比起那几个小钱来，我看重要得多。孩子们需要那些纯净的读物，家长们更期待着出版部门能为小太阳们出些像《安徒生童话》《格林童话》《三寄小读者》那样的好书。在这方面，长春出版社很值得称道，他们在图书滑坡的情况下，先后出版了《安徒生童话全集》《中国童话精选》《快快乐乐的世界》《365日歌谣》《小太阳趣味益智丛书》《世界童话精选》等中低儿童文学读物十几种。作为一个综合性出版社，实在难能可贵。儿童需要好书，不仅仅是文学的、艺术的，更需要科学的、智力的、教育的。衷心希望出版界的有识之士，赚钱别忘了孩子，多出些对未来有益的童书。

希望成为少年朋友的知音

——答《儿童文学》杂志问

您第一次发表作品是何年？多大年龄？

1978年，我十九岁，正在梨树师范学校读书。一张叫作《梨树文艺》县办小报的编辑来找我的老师，约他为庆祝人民公社成立二十周年写一篇纪念文章。我的老师就推荐了我，苦思三天后，写了一篇题为《公社的大坝》的散文。《梨树文艺》发表后，那位编辑又推荐给省里的《红色社员报》，发了大半个版面。这就是我第一次发表作品。也是我的第一篇作品。见到报纸那天，我一夜没有合眼，我幻想也许将来我会成为作家，但没想到会成为儿童文学作家，这也许就是无心插柳柳成荫吧！

您自己最为满意的作品是哪几篇？

说心里话，人都有一个共同特点，那就是敝帚自珍。如果非要选几篇好的话，我自己认为少年诗中《温馨的世界》、散文《挚诚小语》（系列）、低幼诗中的《好朋友》《看看上面是什么》、童话《星星树》和《大脚丫》、儿歌《小木偶》《地球圆圆》等，都还不错，至少可以让自己满意。

你最喜欢读的书？

我这人读书很杂。读书时最感兴趣的是古典文学。古典文学中最痴迷的是唐宋散文和诗词。就书来讲，最喜欢的就是苏轼的《苏东坡全集》和《柳河东集》。后来喜欢读一点哲学，萨特、叔本华的书都读得很投入，现在印度奥修的书也经常摆在案头。在现、当代作品中我喜欢朱自清、梁实秋、贾平凹、余秋雨的散文。就儿童文学来讲，我比较喜欢安徒生童话和金波的诗。此外，我很喜欢读一点政论，像《毛泽东选集》《李光耀政论选》都是我常翻看的书。

您是否常写日记、读书笔记或写作杂记？

我很少记日记。我觉得写在纸上的东西绝没有记在心里的东西重要。如果当你回头时看不到生活的印痕，那段日子定是毫无意义。做读书笔记十分重要，因为记下的总是精华，这些东西能让人享用一生。写作杂记写一点，但不是为了给人传授经验，大都是创作中的一些感悟，记下来可以指导自己、完善自己。

您在创作方面有何体会？你认为提高创作水平的关键是什么？

我认为提高写作水平的关键是提高体味生活、体悟人生的能力。作品的灵魂是思想，没有思想的作家不会是一个好作家。对生活体味越深越能激发创作的灵感，对生命体悟得越透，作品就会越感人。当然，也有一个文字表达的问题。这是功力，要靠磨炼，要看你读了多少书，在这一点最能说明问题的就是那些学者作家，像钱钟书、余秋雨，读他们的作品，除体味思想外，仅就文字也是一种享受。

您现在正写什么或准备写什么？

我是一个半文半政的业余作家，所以写作历来也没有什么计划，总是对什么有所体味就写什么。近来正在写"青春歌谣"，这是写给中学生朋友的少年诗，大多是青春心态和对人生的思考，我希望明年能聚结成集。同时，我还要继续

"挚诚小语"系列散文的创作，也希望能在近期聚结成集。我认为现在能让中学生朋友喜欢的东西很少，我想在这方面做些努力，希望能成为少年朋友的知音。

请对初学写作者寄语。

A．勤能补拙，只要执着地追求，总会有一个满意的成果。

B．别找捷径，插上路标的地方，风景已经属于别人。只有用自己的双脚去征服世界，才会海阔天空。

C．不积跬步无以至千里。积水成川，积土成山。只要不废阳光雨露，小树总会长成大树，种子总会变成果实。

D．人有人格，文有文格。人说谎话会失去朋友，文章虚假会失去读者。

E．记住：登高才能望远，书永远是向上攀登的阶梯。

F．行万里路，读万卷书。书不仅仅是纸做的。山水可读树木可读，自然与社会的一切都可读。眼睛只是读书的一种工具，更重要的是要用心灵去领悟。

和诗歌爱好者谈诗

　　作为在诗歌这片国土上耕耘的一员，我觉得我有责任为向往这片土地的年轻朋友当一名向导。因为我也曾像你们一样在诗国的大门外徘徊，我走过许多弯路，我知道在迷惘中走路是怎样的一种痛苦和艰辛。这与我们所经历的时代有关，在我们学诗的时代，是没有一家刊物像《东北文学》这样为初学者开一扇大门的。这是你们的幸运，希望每一位爱诗的朋友们都能从这扇门中走进那神秘的殿堂。

　　我不是学者，所以我无法站在理论的至高点上为你们举起前行的灯塔，我只想就切身的体验为你们画一张进入诗国的导游图。

一、摸摸你的口袋有没有一张通行证

诗是青年的艺术。在每一个时代，都会有无数的少男少女来向诗的殿堂奉献他们的一瓣心香。他们都渴望着在青春的梦中寻到诗的瑰宝，得到缪斯的青睐。但是，他们中的大多数人忘了摸一摸自己的口袋，看自己带没带那张特殊的通行证。他们不知道诗的国土是片神秘的土地，单靠诚心和殷勤是踏不进那扇门的。

那么什么是踏进这片国土的通行证呢？依我看，一是才能，二是气质，三是学识。

Ａ．才能。在过去的文艺理论中，文学是社会生活的反映，社会生活是文学创作的唯一源泉，这一理论，是一条被公认的准则。诗，作为文学中的一种样式，当然要包含其内，诗也必须是社会生活的反映和表现。但是人们忘了，诗是诗人的创造，是"诗作者这一审美主体对生活的一种积极的精神审美观照，它所反映或表现的生活，是生活的心灵化，或心灵化的生活，是生活与心灵交会的闪光（李元洛《诗美学》）"所以，诗歌作品的杰出与平庸并不取决于选材的优劣，而是与创造者的心理素质，也就是说与作者才能的高下有关。才能，说白了也不外乎感受力、想象力、创造力，对于语言的驾驭能力等等。

诗的艺术感觉能力是诗人所必需的第一要质。如果你感觉到自己没有这种异于常人的能力，那你最好早些放弃成为诗人这种梦想，去做你自己认为有能力做又愿意做的事。因为诗是一种特殊的艺术，它依靠感觉来召唤灵感，你没有这种感觉你就永远也成不了诗人。这种感觉是一种非理性的思维，它不遵循任何逻辑，只以诗人自身的直觉为据，是一种迅速的鲜明的形象的思维。它的对象是宇宙万象，它不需任何媒介，而对物象做出直接的判断。你没有这种能力就不要难为自己，诗是不会迁就任何人的。

我在做《耕堂诗思录》时，写过这样一节：

想象和联想是诗的两只翅膀。
失掉了其中的任何一只，诗之鸟都无法飞翔。
想象可以使抽象变为具体。
联想可以使分散变为集中。
想象能使人游历物外之世界。
联想能使人贯通古今及未来。

其实，广义地说，想象和联想是不能分开的，我当时也许是出于一种卖弄。这是过去的事，现在我想说想象能力是诗人最为关键的必备要质。因为想象是形象思维的核心，不会想象就搞不了艺术创作，更写不了艺术中的艺术——诗。

微笑以后继之

以沉默以微笑

那偶然乃属最美

冬日第一个太阳一瞬的笑

落在他的蓝衣

黄昏的声音升起

我以额迎接最后的阳光摇醒

沉睡的森林

风在诉说情话赶来幽会的鸟太匆忙

影子忘在家里

悄悄步过的牵牛是幻想是记忆

是文字写在他的蓝衣

为深冬留一些暖意

为什么天总蓝得像他的蓝衣

而少女的心似飞驰的双翼

是急奔的流星

这是美籍台湾女诗人王渝的《蓝衣》，从这首诗中我们不难看出，诗的想象既要表现包括自然与人类社会的客体之美，同时又必须显示抒情主体的心理之美。它是主体与客体的综合表现。所以说，不会想象的人也当不了诗人，只有想象力极为丰富的人才能成为出色的诗人。

下面应该谈到的是创造力和语言的驾驭能力。

创造力和想象力是孪生姊妹，无须赘言；语言的驾驭能力则与学识有关，放到后面去谈。

B．气质。希腊医学家卡伦于公元2世纪把人的气质分为四类，即胆汁质，多血质，黏液质，抑郁质。那么诗人应该具有怎样的气质呢？一般说来应属多血质与胆汁质，但同时也必须具备其他两种气质的优点。这种人给人的感觉是热情积极，生气勃勃，易感情用事，心理过程具有迅速而爆发的色彩，对世界反应灵敏，但同时又能沉着冷静，使情绪体验深刻持久。只有这样的人才可与诗为伍，否则诗便会离他而去。但是，我们必须说明，人的气质是可以改变的，只要你肯于努力。

C．学识。英国19世纪著名诗人华兹华斯曾经说过这样一句话，"诗是一切知识的精华，它是整个科学面部上的强烈表情。"深厚的学识修养，是一个诗人的必备条件。没有这一条件，注定不能称其为诗人。当然，我们也听说过"诗有别才，非关书也"的说法，但是纵观中外有成就的诗人，是没有哪一位不是博览群籍而精益多师的。李白、杜甫、苏轼、陆游，以及近代的郭沫若、徐志摩，莫不如是。我还读过但丁和歌德的传记，这两位伟大的诗人，也都是天文、地理、宗教、艺术无所不通。所以，要想成为诗人，首先必须有足够的知识积累，不然就无法成为诗人。

我在《清诗话》中，还读过我族先人钱泳的一段话，他说，"诗文一道，用意要深切，立辞要浅显……但古人诗文。不过眼面前数千字搬来搬去，便成绝大文章。"这句话道出了为诗为文的真谛，即语言文字在创造作品中的重要地位。我们现在为诗的文字也不过数千而已，但是这些文字在不同的诗人笔下，经过不同的组合所产生的艺术效力却有了高下之分。这也就是我在前面说到的驾驭语言的能力。

学识作为诗人的必备素质之一，它不同于才能和气质，因为前二者是先天造就的，包含着遗传因素，而它却是后天可以补救的。勤奋也能出诗才，这是前人总结出来的成功经验，希望先天不足的朋友们能记住这句话。

二、放下那本过时的教材看看这是怎样的世界

"诗歌是一种最集中地反映社会生活的文学体裁，它饱和着丰富的想象和情感，常常以直接抒情的方式来表现，语言精练，音调和谐，有鲜明的节奏和韵律。"这是我在大学课堂里学到的。以群的《文学的基本原理》、蔡义的《文学概论》、以及刘叔成的《文学概论四十讲》，都对诗下有以上同样的定义。诗是一种文学体裁，饱和着丰富的想象和情感，语言精练，音调和谐等，我们当然没有理由否认，但是"最集中地反映社会生活"这一说确乎值得探讨，因为诗不是镜子，它不是对生活的机械反照，它是艺术，它需要创造者的主体参与，所以，仅仅是"反映"便否认了这一艺术事实。诚然，在过去的诗中有的机械地反映社会生活的例子，

这样的诗中找不到抒情主体的影子，而多是口号，或教训人的箴言。我要说这不能算诗，充其量是分行排列的宣传品，把这也当作诗实在是对艺术的亵渎。我认为，现代意义的诗是主体与客体感应的流线，是一种展示，是漂浮的岛屿，是尚未命名的新城。诗是一种创造，它对包括主体在内的社会生活只能是艺术化的表现，而绝不是机械的反映。诗，不能是一种定量容器，对诗的估价只能依照理解，任何武断都是不合规律的。所以，我劝爱诗的朋友们放下那本过时的教材，用自己的眼睛看看这是怎样的一个世界。

诗的创作，不仅仅靠诗人自己完成，诗的艺术效果往往要通过作者与读者的相互配合而产生。这就要求诗人在创作的过程中要给读者留下足够的艺术空间，以便让他们在品读的时候进行再创造。试举二例为证：

1

我宁愿拥抱大理石的柱石

它冷冷严峻的光辉

使我心折——

顶立着拱形的大厦而直立着

久久它支撑那伟丽的穹窿

不使倾斜

它不会说谄媚的语言

也不会说虚晃的话

夜晚我走过

它没有弯腰向我鞠躬

一如白昼它肯定"是"否定"非"

它直立着沉默而静美

于是不禁地走去拥抱它

不顾踏过那些随风飘摇的小草

2

日影淡了下来

啄木鸟在深荫里

雕刻着一地的困慵

一排书

墙壁,依然那么白

果汁微酸的甜蜜

开始拢拢发

幽香添进薄暮

向油画中风景聚拢

摘些水芹

惊蛰前的红椒

两朵云冷淡的互拥

而又无声告别

晚潮来

所有的灯火

便掩耳亮起

　　这二首诗都是选自《台湾女诗人十四家》中的，前者是蓉子的《我宁愿拥抱大理石的柱石》，后者是冯青的《晚潮》。应该说两首诗都是上乘之作。但从诗的艺术空间上说，前者就不如后者了。蓉子这首诗写在她的青春年少时，表现了一个少女对谎言与谄媚的讨厌，主题十分明确，让人一看便知。而冯青这首诗写的是什么呢？古继堂说："做一点猜度性的释义，是否是描写一对青年夫妇之间的若即若离，不那么甜蜜的一种爱情。"或许他们的爱情是美满的，但妻子对自己一天到晚繁杂琐碎的家务劳动有点厌倦，当丈夫从外面下班回来，两相拥抱亲吻之后，妻子又不悦地将丈夫推开，故而互拥中又有一点冷淡的意味。他的猜度也许都可以成立，因为冯青是位由家庭主妇成为诗人的诗人。但也许不是他猜度的这两种情况，因为我们读后还可以想到其他。这就是空间的效力。

三、假如你相信自己具备了诗人的素质请按我说的去做

　　我们在读书的时候，语文老师总要训练我们读说写，我今天所能告诉你们的也乃是老一套。只是我开给你们的书目

和说写的方式不同罢了。

A．读

1．你所喜欢的诗人的作品

2．你不怎么喜欢但时下争议很大的作品

3．你所喜欢的诗以外的作品和文字

4．你目前尚未喜欢但必须得读的诗歌理论

5．诗歌以外的有关艺术的理论

6．哲学

7．心理学（特别是文艺心理学）

8．美学

9．历史

B．说

罗丹在他的《艺术论》中说，每一个有成就的艺术家（包括文学家和诗人在内），在他成名之前都隶属于一个艺术群体，他汲取了这个群体的精华，所以成了这个群体的代表。所以，我希望每一位年轻的诗友都能在自己的周围发展起一个诗的群体，你应该成为这个群体的核心。这个群体便是你发表见解听取意见的讲坛，同时，也会成发现新星的星座。

C．写

1．没有真切的情感不写。

2．没有出奇的语言不写。

3．落笔之后要让诗去自由地选择物象，万不能过多地进行主体干预。

4．要让诗塑造出独特的自我，不然你永远也成不了诗人。（本文为诗歌座谈会上的发言）

关于儿童诗

1

人的童年，是诗的童年。童心如同种子，渴望着诗的滋养。在童心世界，诗是雨露，也是阳光。它哺育着善良与纯真，也哺育着憧憬与幻想。没诗的童年是寂寞的童年，是痛苦的童年。有诗相伴，童年才会充满幸福和欢乐。

2

任何艺术都源于生活，没有生活就没有创作。为儿童写诗，首先必须了解儿童。如果你不了解他们就没法走进他们的世界。同时，儿童在这个世界上也是独立的个体，儿童诗创作必须尊重儿童的个性，不以儿童的方式、用儿童的心理去感受世界，你就无法写出让儿童喜欢的诗来。

3

诗的美在于想象。所以，诗的作者必须为读者留下足够的想象空间。儿童的思维是跳跃的思维，为儿童写作更不可能把所有的美展示殆尽。

4

在所有的语言中，诗的语言是最为精粹的语言，尤其是儿童诗更忌冗长和拖沓。以最单纯的词汇表现最深刻的思想和最美的意境应是儿童诗作者的最高追求。

5

诗美不外现。华丽的语汇只可作为广告而不能成诗。诗的美在于意境的创造，在于内在的含义。没有思想的诗是苍白的，仅有思想的诗是枯燥的。诗，特别是儿童诗必须是思想情感和语言的完美结合体。

6

诗是一种神秘的艺术。诗只可以感受，但却是不能够解释的。如果你试图要解释一首诗，往往会离那首诗越来越远。所以，写诗的人必须努力以一种能让读者理解的方式来表达自己的思想和感受，尽其所能让读者理解。不过，无论你如何努力，作者的思想都是不能完全被理解的，但仁者见仁，智者见智，这是诗的特性使然。即使是儿童诗，也是一样，这一特质是没有人能改变得了的。

7

我很欣赏诗的朦胧，但却不喜欢所谓的朦胧诗。我认为朦胧诗正像英国诗人艾略特所说："最拙劣的朦胧形式正是不能向自己表达自我的诗人采用的形式；当诗人没有话说时也要试图使自己确信还有话说，这时便会出现那种最拙劣的形式。"尤其是儿童诗，如果也写得坚涩难懂，那么它就失去存在的价值了。

8

诗贵含蓄，最忌直白。即使是儿童诗也不能违背这条艺术原则。含蓄致美，直白趋俗。特别是如果把诗写成说教的工具，那它就离诗的真正含义太远了。

9

给儿童写诗必须简洁明了，但决不可简单庸俗。第一个把儿童比喻成花朵的诗人是天才，第二个就是蠢材了。语言在于创造，在于合理的组合，而最关键在于你对你所要表达的情感抑或事物的把握和理解。

10

儿童诗也必须表现自我，诗中无我便无个性，也就是艾略特所说："如果作者永远不对自己说话，其结果就不成其为诗了，尽管也许会成为一套辞藻华丽的言语。"但是，倘若诗专门为作者自己而写，那又会成为一种用秘而不宣的、无人能解的语言所写的诗。只为作者自己写的诗，从根本上讲也不可以称之为诗。

11

诗的创作不是对生活的描摹，更不是对某种事物的写真。诗是一种艺术，诗的价值在于为读者创造一种有别现实的理想境界。诗不能说明什么或证明什么，而是展示什么或表现什么。它的功用不在于说教，而在于"徐徐地沁入我们精神的圣殿——那里有灵魂最彻底的隐情和孤独——帮助我们实现在内心深处揭示人生本质的愿望。"（希梅内斯语）因此，一首好的儿童诗能让小读者感受到美，或得到某种启迪就已经足够。除此，再不应要求别的功效。

12

人有个性，诗也要有个性。没有个性就没有艺术。一个诗人要想写出让读者喜爱的诗，首先必须保持一种个人的风格与特点。特别是为小读者写诗，他们往往神往一株奇特的老树，也不在乎千万棵面目相同的小草。

13

诗的概念，并不在于它分行排列，如果它已通过内在的旋律和外在的韵律将诗人的情感或思想构成完美的意境，至于垒砌成什么样的外在形式并不重要。诗可以讲求形式美，但决不可以为形式而形式，困形害意是诗之所忌。为小读者写诗，这一点更是大忌。

14

联想和想象是诗的两只翅膀。没有这两只翅膀，诗的小鸟就无法在艺术的天空中飞翔。

15

保留一颗童心，是为儿童写作的基本条件，也是使我们的作者进入儿童世界的通行证。成人有成人的标准，孩子有孩子的原则，他们从不把那些说教当作艺术，而只有那些富于情趣能折射出童心灵光的作品才是他们所喜欢的诗。

16

艺术的追求没有止境，超越前人，更要超越自我。敢于超越需要勇气，实现超越必须付出艰辛。

17

爱，是人世间一种最圣洁最无私的情感，也是所有艺术所要表现得最为永恒的主题。儿童是人类的未来，是世界的希望，营养儿童的诗更应充满温馨充满爱。金波先生曾经讲过："诗人的天赋是爱。诗人要用自己的爱让孩子们懂得爱：爱祖国、爱人民、爱亲人、爱朋友，爱一切美好的事物。"这是诗歌艺术赋予诗人的责任，也是我们的时代委以诗人的重任。

现代儿歌创作随想

1

现代儿歌，作为儿童文学中的一个门类已有别于传统儿歌。它不仅仅是传授知识的"歌"，而且愈来愈具有诗的艺术特质。从主题的拓展到意境的构造，完全体现出了诗化倾向。可以说，儿歌也是诗。所以，现代儿歌创作，仅仅有鲜明的韵脚已经不够，还要有新颖确切的形象，给孩子们提供足够的艺术空间。

2

创作现代儿歌必须从现代儿童的心理特点出发，依据他们认知世界的特殊方式，转换视角，提供足够的形象与空间。

3

传统需要继承，但模式必须打破，方法必须革新。

4

纵向继承，横向移植。打破题材和体裁界限，拓宽题材领域，让童诗和歌谣进入更广阔的艺术空间。

5

不能把现代儿歌的使命只限定在传授知识讲解道理的框子里，它应与诗具有同样的功效，应该靠形象、音韵、空间为孩子们提供一个优美的意境，让孩子们在愉悦中受到某种启迪。

6

现代儿歌的趣味性在某个角度上说比知识性更为重要，只有具备这一艺术特质，低幼儿童才乐于接受。否则，儿歌便无别于其他知识性读物，且不如知识性读物准确、具体和生动。

7

现代儿歌创作，仅在技巧上进行革新已经不够，还应在题材上进行拓展。取童话题材，用诗歌手法，也许可以创作出一种有别于传统，又别于他人的全新儿歌。

8

儿歌诗化已成为一种趋向。所以，儿歌作者必须具备诗人的才能。否则，绝对无法创作出让今天小读者喜欢的好儿歌。

9

想走进孩子的世界，作家本身必须是一个永远也长不大的孩子。不然你永远也不会被接纳，你的作品也注定不会受到他们的欢迎。

10

在孩子的世界里，是与非，并没有界限，让他们用对与错去评判一件事物是不科学的。他们需要的是以一种他们喜欢的方式进行潜移默化的引导。这就要求我们在儿歌或童诗中制造出一种纯美的境界，让他们以自己的方式去辨别事物，在愉悦中强化心灵，增长知识。

11

为孩子创作，就必须用孩子的方式去感知这个世界。

孩子的方式就是童话的方式，任何一种事物本身都具有生命。所以，创作儿歌也绝对不能违反这个规律。我们有传统儿歌，包括一些创作儿歌，之所以板、死、陈旧，原因我想就在这里。

12

就现代儿歌创作而言，开拓一个领域，就会获得一片新的天地。

前人是路标，但路永无终点。超过前人也许正是前人的愿望。

13

儿歌创作也需要大胆尝试，世界没有什么是不可能的，只要你不违反规律，努力总会有结果的。

14

作为儿歌创作的探索者，也需有一种牺牲精神，那就是大胆走你的路，做不了路碑就做一块路石，只要你在这个世界做出过努力，就不会有什么遗憾。

15

走前人的路不是目的，前人是路碑不是目标。走过去才能让世界留下你的脚印，不然你只是对前人的重复。

16

儿歌和诗一样，都是一种奇妙的感觉，在你没有找到它的时候，千万不要硬写。造出来的只能是徒具诗的形式，但绝不会有令人满意的境界。

17

花花草草的情趣已无多大意思，我们的儿歌作者如果能在孩子的生活和情感上多做点儿文章，表现他们的喜怒哀乐，儿歌创作也许会走入一个新的境界。

诗坛学步五年忆

从第一篇诗稿发表到今年十月，我在诗坛学步已五年有余。此间，虽在《诗刊》《诗人》《星星》《飞天》《青春》等几十家报刊发诗四百余首，获省首次业余文学创作奖、市作品奖，并于今年三月被吸收为中国作家协会吉林分会会员。但回过头去，仍觉惭愧。因为和同辈诗坛新人比较，非但成绩些微，而且步履缓慢。为总结过去完成自己，也为回报青年诗友们的盛情，现将点滴体会集录于此。

一、学步容易行路难，难，难。

学诗亦如学步，大凡写过诗的都有这样的感觉。1979年，我在师范读书，因一个偶然机会，我得于诗相识，一见钟情，爱之如痴如狂。一年后，我的第一首铅字诗稿在《青春》杂志上与读者见面，题目叫作"不能睡去"（在此之前我也有过一些铅字，都是儿歌和民歌之类，尚不能算诗）。这对我来说，是一个新的起点，也是第一道大关。因为诗写到这一步，可谓得到了成功，但面临着的就是突破。这一年正值新诗复兴，带有现代特点的"朦胧诗"异军突起，受之影响，我的诗中也表现一些潜在情绪，甚至罗列一些连自己也弄不太清的意象。我的第一首诗和第二首诗的发表，相距将近两年，这两年是在苦恼中度过的。那些日子每天都写诗，每周都寄稿，每月都有退稿信。但当时并不懂得总结自己，常常怨天尤人，恨编辑有眼无珠，真是无知。那些诗之所以不能发表，原因有二：一是作品形式上没有自己的特点；二是主题重复，不新，不深。这些作品作为习作当然可以，但若发表，就相差得太远了。这就要求"自立"，要求在诗中找到真"我"。可新路无碑，一时便茫然无措了。这正如学步的孩子，拉着大人的手，或扶着什么物体，走得总还算灵便，一旦独立，就不免要跌几个跟头，甚至见血。

二、认识自己才能完成自己。

人大抵都是在连续碰壁之后，才能坐下来冷静地思考。特别是青年人，血气方刚，少年的狂劲还不曾退却，往往更多自信。1981年初我带着一大打诗稿去长春拜师，意在那里找到落脚点。可从《长春》编辑部到省作协，从编辑黄淮到诗人丁耶，连连碰壁。他们说我是水里的鱼却偏要往天上飞，当时听了，很是难受。心想：我们不是同时代的人，自然不会有相同的观点，走着瞧吧！可后来再度碰壁，才感到他们的态度是真诚的，他们的意见是正确的。

我是庄稼院的后生，十年动乱时还只是个未成年的学生。我没有江河、北岛以及顾城、舒婷他们那样的曲折的经历，也必须承认在当时也没有他们那么深厚的文学素养和广博的见识，所以那时对他们只是盲目地崇拜，因而作品就可想而知了。

1981年5月，我开始试写农村生活诗，按照古典加民歌的传统形式，写我在农村生活时的片断和细节。居然成功，得到了社会的承队。从1982年1月起一直到1984年年末，在我发表的三百余首诗中，有90%是以农村生活为题材的。现在总结起来，不难发现，一个习作者如果想完成自己，必须首先认识自己。否则，便不免多走弯路，甚至会在盲目的追求中毁掉自己。

认识自己可谓之难，完成自己则更难。我写农村生活之初，深爱王书怀、陆启等前辈田园诗人的作品，因而在我的诗中，也不免带有他们的余痕。当发现这一问题后，便再度陷于苦恼。经过很长时间的努力，虽然摆脱了他们的影子，但却未能突破自己。

三、诗的突破，首先是思想的飞跃。

总结前期习作，特别是大量的反映农村生活的作品，有两个共同的问题：其一，统统地表现生活表象，没有深入到新时期农民的心里；其二，诗的横向构思不足，句子含量小。我原认为这只是技巧问题，想靠量变求质变。现在看来，这种观点很不正确，诗的突破首先应该是思想的飞跃。记得张同吾同志在《诗的王国是自由的空间》一文中写道："假如不是在同一平面上复制生活，假如不是有意地重复别人，诗人便需要在新的高度上对美的多样性进行探寻。"这个"新的高度"单靠技巧是无法找到的，就如郭老如果不接受"泛神论"就不会写出《女神》一样。

思想的飞跃，是一个艰难的历程。这不仅仅是思想方法问题，更主要的是宇宙观问题。特别是我们青年习作者，如果把握不住自己，就会误入歧途。分析自己的过去，总觉得眼界不宽，太多保守，思想中陈腐的传统观念往往占有主导地位。我曾一度有过这样的想法，非农村生活诗不写，非传统的民族技巧不用，把自己禁锢在一个极端，放不开手脚，因而诗写得老气横秋。其实，作为文学中文学的诗来讲，它应是立体艺术，无论写什么，首先都要表现出人的感情，仁者见仁，智者见智。青春、爱情、友谊是永恒的主题；小花小草也同样表现一个时代。中外的不朽之作，早以证明了这一道理。在诗的技法上，我认为应该为我所用，什么传统，什么现代，分得太清反倒用得太死。"形式为内容服务"，这句话虽是老话，我看今天还仍然适用。

　　我在诗坛跋涉五年，每一步都有一道关卡，每一步都是一个起点。我曾为诗付出许多，但诗却不曾为我带来任何。尽管这样，我还是愿意为之奋斗，因为"爱"不能忘记，也不能改变，也不该改变。

给严文井先生的一封信

严老:

您好! 本想回来就给您写这封信, 无奈这半个月公务太多, 直忙到现在才算松了口气儿。

严老, 这次西南之行在你和康老的关照下十分顺利, 我三日晚上离京, 五日早上便到了成都。在车上遇到了中少社《儿童文学》的葛冰和《北京日报》的常瑞, 他们也都去开这个会。大家相互照应得很好。看来, 儿童文学作家和成人文学作家区别真大, 我感觉我们这些人无论年龄多大, 骨子里仍保留着孩子的天真和真诚, 处起来很让人放心。

这次笔会是个童话笔会。他们之所以邀我参加, 是因为他们认为我写的诗都是童话诗。我自己过去倒没认识到这一点, 我最初的想法, 是觉得我们的儿童诗, 儿歌创作从题材到手法都太陈旧, 相同的主题、相同的材料、相同的手法,大家翻来翻去，不单孩子们读了乏味，写的人都觉得不好意思。同时，我也感到儿童文学作家们的功利性太重，创作时总把思想性、教育性放到首位，唯独忽略了艺术性和趣味性，所以创作出的诗或儿歌都带有宗教的色彩，告诉你如何如何，而不是让孩子在幽默、情趣中得到启迪。鉴于上述想法，我便有意将童话题材移植到诗和儿歌的创作中来，旨在提高诗的美感，淡化说教，让孩子们在艺术的享受中得到向上、向善、向美的体悟。不知这种想法对否？希望能得您的指正。

关于诗的形式，我主张因内容而定，关键是看它能否构成一个完美的内在意境。特别是低幼诗（像我留给您作序的这本），能整齐则整齐，易记。不整齐也无所谓，我研究过孩子们自己写的诗，没有一首是句子整齐的，甚至没有一首是有完整韵脚的。孩子有孩子的审美标准，有大人们改变不了的规律。所以我们太武断了便要犯错误。

严老，您既然已收下我这个学生，就千万不要对学生客气。我的想法说与您，是想得到您的批评。我在这次笔会上也征求了一些同志的意见，他们对我的想法和移植试验表示赞同。但究竟能否成功，我自己也没有把握，但我有信心实验下去，特别是在低幼诗和儿歌创作方面，力争以此来冲击一下，即使不能让一潭死水翻起波浪，能冲出一道水纹也可。

《365日歌谣》的订单已发出月余，从目前上数分析，形势还好。您的序可视您的方便而定，因为作为学生和晚辈，我不忍心让您太累。七月末前给我就赶趟儿，您看行吗？

严老，我自幼就失去双亲，所以我视所有能给我温暖和帮助的长辈如同父母，对您和康老就更不例外。希望您也能把我当孩子看待，该批评就批评，需要我做什么也不要客气。

祝您健康快乐。

钱万成

1991年6月12日

读 书 苦 乐

看到这个题目，大家一定以为我要说经讲道，其实不然，我只是想把我新近读的一本书介绍给大家，这本书的名字就叫《中国文化名人论读书苦乐》。这是一部由老品先生筛选，由中国编译出版社出版的中国现、当代文化名人畅谈书事的合集。全书分为"书""读书""书的梦""读书艺术""买书卖书""书林记趣"等六编，收有鲁迅、梁实秋、林语堂、叶灵凤、贾平凹、余秋雨等不同时期的文化名人名作九十二篇，从多个侧面谈读书生活的个中甘苦和体悟。

梁实秋在他的《书》中，引用前人之言以表心志：一曰："丈夫拥书万卷，何假南面百城。"二是引用黄庭坚的原话："人不读书，则尘俗生其间，照镜面目可憎，对人则语言无味。"

吴伯箫则说：书籍是会提高人的，从野蛮到文明，从庸俗到崇高。并进一步阐明，读书愈多，应当愈富于睿智，愈具有眼光。因为那样可以经验得多，见闻得广啊！小气的人该会大方一点，狭隘的人该会开明一些。同时也缘引黄山谷一句话："三日不读书，便觉言语无味，面目可憎。"得见，读书的作用有多大。

朱光潜先生不谈这些，他乐于向我们介绍一些读书经验。他说：读书并不在多，最重要的是选得准，读得彻底。与其读十部无关轻重的书，不如以读十部书的时间和精力去读一部真正值得读的书；与其十部书只能通览一遍，不如取一部书精读十遍。

而集哲学家、史学家、文学家于一身的胡适先生则告诫我们：读书要有疑。忽略过去，不会有问题，便没有进益。他又引宋儒张载的话说："读书先要会疑。于疑处有疑，方是进矣。""在可疑而不疑者，不曾学，学则需疑。""学贵心悟，守旧无功。"而且还忠告我们：读书第一要精，第二要博。

诸如此类，通篇皆是，因篇幅限，不再赘举。如果诸位有兴趣的话，自可找到这本书来读，相信领悟得一定会比我多。这里想啰唆几句题外之事，即如何在音像的时代引导大家来多读一点书。据说社会上有一种说法，叫作"傻子才读书"。那么那些聪明人都去干什么了呢？答曰：一等聪明赚大钱，二等聪明去做官，哪还有人读书。就连有些知识分子也不再读书，他们的共同理由，即知识不等于钱。

　　呜呼，如此下去，我们的文明古国岂不要成为一片文化沙漠？所以，我想说，大家都来读一点书吧，不为它求，哪怕只为自娱自乐。

山 茶 花 香

　　读书如品茶，总是新的比陈的有味。最近，在书摊上看到几本台湾女作家们的作品，买回来翻翻，确实如在夏夜院中喝了几口刚刚采摘的青茶。其中《白色山茶花》便是这其中那个的上品。这部散文是台湾席慕蓉、张晓风、爱亚三位女作家的合集。书中收有席氏《母亲最尊贵》《白色山茶花》等短章二十一篇；收有张晓风《高处何所有》《我不知道怎样回答》等力作十六篇；收爱亚《白雨衣》《吾宅吾家》等二十篇。读这些作品，有如一缕清风从海上吹来，湿漉漉的，尚带有一点淡淡的咸味，给人的感觉不只是清爽，同时更具几分亲切。

　　席慕蓉的作品在大陆上流行已有几年，我在大学读书的时候，书店里就有她的诗集。我也陆续看过一些，大体有十几种。还有她的散文，她的画，都十分精彩。总体说她的诗与散文，以及书中的画，风格大体相近，既温柔缠绵又潇潇洒洒，且不离那淡淡的苦味儿。读她的作品，有一种厚重的文化感，有一种凄婉的亲切感，活泼而不浮躁，凝重而不死板。本书所收短章亦有上述特色，但更突出的却是文章的形式。这些短章称之为散文亦可，称之为诗亦无不可，称之为箴言亦不会有人提出异议。这些短章是席氏作品中独具特色的一种，甚值一读。

张晓风作品过去没有接触过。据出版者介绍，她是江苏铜山人，1941年生，东吴大学中文学系毕业。著作甚丰，有《地毯的那一端》《你还没有爱过》《再生缘》等近二十部。其早期散文飘逸灵秀，自成一格。深得台湾文士们的器重。诗人余光中说"她是亦秀亦豪，健笔纵横的"；作家王蓝说"她是能雅能博，兼跨新旧的"。可惜我没有读过她的作品，故不敢妄言。读本书中的十六篇作品，我以为蒋勋先生说得极是："晓风的许多篇章使我想到段成式的'酉阳杂俎'，记事与哲理之间，似断似连，很耐人思索。"试举《时间》一段为例，"到底，时间是善良的，还是邪恶的魔术师呢？不是，时间只是一种简单的乘法，另把原来的数值倍增而已。开始变坏的米饭，每一天都不断变得更腐臭。而开始变醇的美酒，每一分钟，都在继续增加它的芬芳。"天然成理，令人叹服。

至于爱亚，本书介绍极简，只说她本名叫李兀，松江滨县人，国立艺专（中国美术学院前身）毕业，是新登文坛的小说家。但据我从席慕蓉散文集《静寂的角落——序爱亚"喜欢"》中和本书的十六篇作品看，倒宁愿承认她是一位出色的散文家，她的散文似山间流水，似蓝天白云，似草地上遍开的野花，平平静静，朴朴实实。读她的散文有如和一位娴静的女人谈一次知心话，没有虚饰，亦不张狂，让你在温馨的气氛中度过一段人生难得的美好时光，让你身心放松，神情气顺，沉浸在浓浓的爱意里。

合上这本《白色山茶花》，我忽然想到先前鲜读女性作品，特别是女人的散文，真可谓是一大遗憾，因为那书中的情韵是最能予人以安慰了。

爱 的 世 界

　　《写给幸福》是我所读到的台湾女作家席慕蓉散文系列的第二本。刚打开时，似乎觉得昂昂然有许多话要说，可当一口气读完，闭上眼睛细细咀嚼的时候，又有些怵怵然不敢开口了。我惊诧于那些殊丽的文字建造出的爱的世界，惊诧一个女子对于人生和生活那样深刻的哲思，惊诧于她对艺术（文字和绘画）那独特的见解。我不得校正一向挑剔的眼睛，来认真审视这部新书。好在于最后读到一篇附记，才引出这样一个话题，是这样写的："你这册新书，我觉得文字（和你前一册书一样）是书中第一个大好处，你的文笔清明而又稳定，给人一种气静神闲的感觉，绝不同于许多人仓仓皇皇的文笔；有人一字一珠，光灿夺目，但语气歇斯底里，这种神经质的文体终非上品，所幸你的绝对不属这一种。"从行文看，当为原书的序，遗憾是我看的不是原版，故不知序者为谁。

说心里话，我向来对别人的评论不以为然，但也从不武断否定，因为艺术就是艺术，仁者见仁，智者见智，说长道短全凭你自己的感觉，何必非要搞出谁是谁非。依我之见，本书"第一大好处"，当推上述所列的那些惊诧。因为这在女性作家的作品里是非常难得的。尽管作序的人说她的"思维不够深远"，可于我已是十分地满足了。

"生命里充满了大大小小的争夺，包括快乐与自由在内，都免不了一番拼斗。年轻的时候，总是紧紧地跟随着周遭的人群，急着向前走，急着要知道一切，急着要得到我应该可以得到的东西。却要到今天才能明白，我以为争夺到手的，也就是我拱手让出的，我以为我从此得到的，其实就是我从此失去的"（《生命的滋味》）。够了，这就够了，一个女人能对生活乃至于生命有如此深刻的体验，并能在一篇千把字的作品中展示出这样的哲思，还能说"不够深远"吗？书中类似警语比比皆是，我再举两节有关破译艺术真谛的文字。

"原来要成为一个创作的艺术家，除了要知道吸收许多知识之外，也要懂得排拒许多知识才行啊！创作本身原来具有一种非常强烈的排他性。一个优秀的艺术家就是在某一方面的表现能够达到极致的人，而因为要走向极致，所以就不可能完全跟着别人的脚步走，更不可在自己的一生里走完所有别人曾经走过的路。"

"一个艺术家也许可以欺骗所有的人，但是，他无法欺瞒他自己。因为，不管群众给他的评价是什么，他最后所要面对的最严苛的评判者，其实是他自己。"

　　我尤为喜欢后面这一节，是一个真正懂艺术为艺术爱艺术的人的体悟。正是因为这种睿智冷静的思索，那些文字才有了魅力。

　　《写给幸福》共分七辑，凡四十八篇，从不同侧面为我们展示了一个多元的爱生命爱生活爱艺术的爱之世界。女作家将他们称之为温柔的花束，要还报给所有爱她的人。爱她的人都是谁呢？是她的父母兄弟，是她的爱人孩子，还有她艺术的崇拜者，还有如我等痴迷于文字的书虫吧！

诗，就是诗

"诗，就是诗。"多么精辟的论断。

当这四个字作为一部书的名字出现在我面前的时候，我想，就是省下一顿饭也要买来读它一读，因为作为诗的崇拜者，谁不希望诗被下成这样的结论？更何况这部书的著者是周良沛。

周良沛，这是我与诗一同认识的名字，故而他便被划出了靠指手画脚品头论足吃饭，站在门外教训门里那类所谓诗评家的范畴，他是位很了不起的诗人。他的这部《诗，就是诗》也不是为论而论的诗歌论文，而是一本由发言记录、序跋短文以及部分诗歌通信组成的似论非论的文集。故此，读来全无造作之感，却时有叫绝之叹。书中文字虽不能说字字珠玑，但平朴之处时时闪现至理名言。他是从自身的切实感受出发谈诗论人，褒不溢美，评不加罪，推心置腹，心无芥蒂。对前辈示尊，对小辈示爱，对平辈示诚。但这决不意味他就是个"和事佬""好好公"，就连对艾青这位诗坛泰斗，他的尊师，他都敢于匡正拔谬，言其有些诗是"凑些应景之作，流于空泛的议论"，对于别人不就可想而知了吗？

周氏集中文杂，但题旨明确，那就是"诗，就是诗"。他说："我们所说的诗，一直也是从广义上的，从诗最本质的意义上来讲诗，那就不仅仅是指分行抒写的形式与技巧，而是指那抒发人类一切美好感情之艺术的艺术。"这个论断与传统说法迥异，道出了许多现代诗人的感悟。

当然，应该指出书中有些观点是偏激的，如对"现代崛起诗"的质疑，对"朦胧诗"的批判等等，对于这些虽不敢苟同，但却又不能不叹服他见地的独到和论辩的精辟。

《诗，就是诗》是诗人和所有爱诗之人的一本难得的好书，特书是言以荐。

耕堂诗思录

1

物以稀为贵。

诗以新为贵。

万绿丛中一点红，人人都会赞叹它的鲜艳；如果那红色盖过了绿色，也就不值一提了。

诗新，不单是题材新，形式也要新，意境更要新。

此三点，具一者可入类；具二者，为上乘；全具者为精品。

2

想象和联想是诗的两只翅膀，失掉了其中的任何一只，诗之鸟都无法飞翔。

想象可以使抽象变为具体。

联想可以使分散变为集中。

想象能使人游历物外之世界。

联想能使人贯通古今及未来。

3

诗不能是时装模特儿，仅仅提供给人一种（或几种）新的款式——即几个新鲜的名词。

这样的诗可做广告。却不能动人。

4

人若想活得健美。就需要运动。

诗若想写得生动，就需要学会使用动词。

这是古人留下的经验。也是千古不变的真理。

5

雪是洁白的。

满山遍野，银光闪闪。像云朵一样轻柔，像棉絮一样让人愿意接近。

可你研究过每一片雪花吗?

那第一片,那最先接近了土地的一片,用生命托起了世界的洁白,自己却融化在泥土中了。

别人忽视它是可以的,

可诗人却应该看到它,记住它。

这就是发现,这就是诗……

6

我在初冬的头一场雪中走着。

我心中的血液奔涌着。

我有了诗的冲动,可是找不到准确的形象,没有新的角度。

我苦恼着……因为排除了所有陈旧的形象之后,我们头脑中是一片空白。

7

艺术家从生活出发。

哲学家从理念出发。

诗人可以从生活出发,即在生活中感受,产生灵感,捕捉形象,付诸创作。

诗人也可从理念出发,搜罗形象,组合机体,形成作品。

前者足可动人，后者却一定乏味。

8

艺术是否起源于模仿，尚在争论之中。但文学源于生活却是无可辩驳的。

生活的底蕴是诗之母体，失去了这个母体就不会有诗的产儿。

产儿可以带有母亲的某些物质，但绝不会是母亲的转世。

照相是艺术，但必须会取舍。

写诗不是照相。真正的诗需要的是一个立体。

9

形象的得来靠捕捉。

思想的体现靠挖掘。

敢入森林者，可见奇禽异物；

能掘深井者，才能喝到甜水。

10

学诗不同于学手艺。

手艺要求的是仿效；

诗艺要求的是创新……

11

古人言：拳不离手，曲不离口。

这是说熟能生巧，但写诗不同于做手工，靠功夫磨是不成的。不过诗人如果懒于思考，灵感就会离他而去，就写不出诗来。

常思、常想，思之不断，诗即不竭。就如溪断流则水塘涸。

如是而已……

12

细心的人，生活中处处有诗。

无心的人，诗从身边流走。

在大学里，生活是程式化的：宿舍、食堂、教室、图书馆。

这里有诗吗？有。

粗心的人写图书馆、黑板，不过尔尔。而有心人却可以发掘出很多新鲜的东西，像鲜藕，像挂满露珠的草叶，像泥土中钻出的嫩芽。

写人与人的关系，

写人的内心世界……

13

一位同龄的朋友对我说："你的诗我不喜欢。"

我承认，我的诗写得不好。

他又说："你应多看些《理想之歌》《张勇之歌》之类的作品，有气魄，那才是诗。"我愕然了。

现在是80年代，可他还留在昨天。

14

客观世界是有限的，心灵世界是无限的。

它比宇宙更为宽广，比自然更为丰富。

客观世界有的，它有。

客观世界不存在的，它也有。

最伟大的诗人（或作家），就是最会表现人的内心世界的强手。

一个人的内心就是一个宇宙。十亿人就是十亿个。十亿个世界就像十亿片叶子，绝不会相同或相似。

涉浅水者得鱼虾，

涉深水者得珠贝。

写肤浅者便是"自我"，挖掘深邃者便是大家，是社会——只不过更具体、更有代表性、更有普遍性而已。

15

生活本身就是艺术。

生活本身就是诗。

诗人和艺术家的责任，就是如何将它剪裁组合成新的立体。

仁者见仁。

智者见智。

伟大的诗人或艺术家都能使他们的作品趋于自然，而又不失其个性。

没有个性就没有存在价值。

失去自然也同样会失去价值。

16

真正的艺术是立体而不是浮雕。

好的诗（也包括其它文学作品）不会只表现一种意念，一个主题。

它应该是多棱镜，不同的读者可从不同的角度找到自己。

也就是说：它的含量要大，但体积要小，不然就会变成匙糖桶水，淡而无味了。

单薄不等于单纯。

晦涩不等于深奥。

17

往往最含蓄的东西，

便会蕴含着一个极深刻的主题。

18

文似看山不喜平，诗尤是。

诗平则味淡，一览无余，读之扫兴。诗应求奇，平中见奇——但并非专指句奇和象奇，更主要的是"气"奇。

艾青有一首题镜子的诗，其中有这样的句子——

    有人喜欢它

    因为他长得美

    有人想打碎它

    因为它说真话

表面看来字字如常，细品起来却浓如烈酒，我认为此乃气奇之典范。

19

诗之气,即诗之神。

人无神无别于木偶,诗无神则无别于痴呆。

奇句奇象可使人耳目一新;奇气却足可使人为之一振。

20

用最浅显的文字表现出最深刻的主题,是一个诗人永远需要追求的目标,同时,也是一个诗人在艺术上走向成熟的标志。

21

语言是思想的外衣。好的诗首先该有好的语言,好的含义。诗的语言也不应相同,但要有一个前提——必须有色感、有动感、有情感……

22

灵感是勤奋者的恋人。

谁懒于思索,谁就会被它抛弃。

23

诗人不是工匠。

熟能生巧，但不能生情。

诗中无情，便无异于雕花、盆景，永远也流不出扑鼻的

芳馨……

24

庐山的美在于雾的朦胧；

黄山的美在于怪石奇松。

朦胧不至于虚幻，

怪奇不失其自然。

25

苏东坡有一首谈诗画的诗：

论画以形似，

见与儿童齐。

作诗必此诗，

定知非诗人。

好画要求"神似"，好诗更应如此。无论写情写景，仅仅是一种自然的描摹绝不会动人。

26

诗人黄淮说过："诗应该是真话，但不是所有的真话都是诗。"

他论述得十分精辟。

夫妻的悄悄话是真话，罪犯在法庭上的交代是真话，人在死前的遗嘱是真话，但谁能说这些都是诗呢？

只有那些富有哲理，而又不乏美感的真话；

只有那些贯穿于形象和意象中的真话才是诗。

没有真话的形象只是形象，

没有形象的真话只是真话。

27

诗人不是科学家。

诗人的作品不必像试验品那样受到仪器的检验。

但诗人必须具有科学家的本领，像科学家探索自然世界那样观察人的内心世界，观察社会。

社会和人心同是一个博大的宇宙，有探索不尽的奥秘！

28

花是美的，诗也应是美丽的。

但最美的盆景绝比不上带露的野花。尽管后者可能没有前者富丽，也缺乏色彩，却富有生机。没有生机的诗和没有生机的花一样苍白……

29

心灵和世界是两个相连的湖泊，虽水体相连，但没有倾斜没有高下就不会流动。没有风就永远泛不起涟漪。

风有东西南北，

人有喜怒哀乐。

关键的问题不在风向，而在应永远保持有风。不然诗就会与你绝缘。

30

露珠儿是小的，但它却记录了每一个黎明和早晨。

诗是小的（和小说、散文的含量相比），但也须像露珠儿那样映衬出时代的风貌。

露珠儿从不会关进温室，诗人也必须走出自己的小屋。

31

　　强调时代感，并不意味要求所有诗人，或诗人的所有作品都去写轰轰烈烈的生活或震撼人心的事件。

　　花鸟草虫可写，

　　婚姻恋爱可写。

　　关键的不是写什么，而在怎么写。

　　枯木逢春，迁船得海，婴儿坠地，不都带有蓬勃向上的精神吗?

　　这就是时代感。

32

　　海湾是海的一部分，

　　海浪是海的一部分，

　　船是海的一部分，

　　帆是海的一部分，

　　珠贝是海的一部分，

　　海鸥是海的一部分，

　　但，无论哪一部分，都能反映出海的风采。

33

森林是神秘的，但也是恐怖的。

前方没有路，双脚可能流出鲜血。

不过，血是不会白流的。

在没人到过的世界里，一切都属于你自己，包括你脚下的路。

34

托物言志，古今公法。

在今天的诗中，"我"分"大我""小我"，那么，"志"也须有"大志"与"小志"。

"大志"中无"小志"者，可能成为空洞的口号，让人接受不了。

如"大志"与"小志"能够在诗中有机地结合起来，那么，你的诗便会变成既美丽又善良的少女，或既勇敢又英俊的壮男。让人爱而难舍，失魂落魄……

35

有人为自己订了每天作诗的数量——像工匠定活一样。

他问我这是不是好办法？

我无言以对。

我想，诗如果也可按计划批量生产的话，那么诗人也该改一改名称了。

36

没有个性的诗，就像没有个性的人，谁也说不出他的坏处，可谁心中也没有他的位置。

有他不多，

无他不少……

37

语言的个性在于音色。

诗的个性在于构思的奇诡和语言的独特。

语言的个性能使人从声音里区辨开他、你与我……

诗的个性能使人感受到各个不相同的立体美……

38

语言的个性不同于人的个性。

人的个性，从某个角度说来，带有天性；而语言的个性却完全是靠后天努力来完成的。

因循守旧者，找不到语言的个性，

生编硬造者，也找不到语言的个性……

39

往往是最隐晦的东西，

便是最深刻的东西。

40

美的效果是靠作者和读者共同来实现的。

因为诗不是画，在这里找不到直接的形象，一切都要通过读者的间接想象来完成。

作者要力求具体，

读者要力求旷达。

如果在作者与读者之间不留下一定的想象空间，美便会在诗中受到限制。

41

海涅说过："优秀作家表明自己时，很少通过他所写下的，却是通过他所摒弃的。"

在诗中，我想这"摒弃的"便是空行。

也就是节与节之间或行与行之间大跨度的跳跃……

没有跳跃，诗就没有力度……

42

诗可以是讲演，

诗可以是交谈，

但，绝不是"说教"。

因为，

人一旦板起面孔，心就很难接近了……

43

诗决不可以是痴人的呓语，

也决不可以是海滨的海市蜃楼。

诗是心灵涌出的甘洌之泉，是脉管中流动的血浆。有时是绵绵的雨丝，有时是滔滔的江河。可以歌，可以怨，但不可以呻吟。

44

走别人的路，再快也在人后，

走自己的路，再慢也在人前。

诗坛二十年

　　二十年前，当文学在这片古老的土地上复苏的时候，我与许多年轻朋友一样，开始了漫长的诗人梦。那时，我正在一所师范学校里读书。因为受了爱好文学且又受同学们崇敬的老师的"蛊惑"，情感常常有宣泄的欲望。于是，就迷恋上学校里刚刚恢复的图书室，迷恋上那些登载着各式各样诗歌的报刊。那时正是当代文学经历了十年浩劫之后的觉醒期，就诗坛而言，一批新中国成立前后以及五六十年代成长起来、在"反右""文革"等政治运动中受到冲击的中、老诗人陆续归队，同时又有一批在磨难中长大成熟、在痛苦中觉醒的年轻诗人出现。他们有的秉承传统，或沉郁，或舒朗，写积淤在心中的痛苦，写重见阳光后的喜悦；有的则崇尚现代，以一种全新的方式，写人生的感悟，写对社会和时代以及整个人类的关注，使整个诗坛呈现出一种百花齐放、百家争鸣的景象。我就是在这样的背景下、在这样的氛围中懵懵懂懂踏上诗坛的。那是1978年，我只有十九岁。

应该说我是踩着传统的鼓点儿，唱着田园牧歌走向缪斯之神的。现在想来，这一起步的方式当与我当时的学识修养，与个人的人生经历有关。与同时步入诗坛的诗人们相比，我没有受过50年代初出生的那些诗人们所受到过的正规教育。"文革"十年正是我受中小学教育的十年，我又生在乡下，长在乡下，几乎没有很正式地读过几天书。恢复高考后虽然进了这家师范学校，但因基础薄弱，尽管付出最大努力，也无法将十年中的欠缺全部补上。同时，这是一所在"文革"后刚刚恢复的中等师范，在学校里所能读到的书籍除教材外十分有限，报刊也仅有十几种，视野极窄。单纯加无知，自然对社会、对人生认识十分浅薄，对生活亦少有感悟。所以，空有一腔激情，在做了诗人梦之后很长时间没有找到机会释放。记得我发表的第一首诗是在南京的《青春》月刊上，题为《不要睡去》。我在诗中写道：

当黎明来临的时候

我们正睡在梦里

夜已经悄悄溜走

不知是否偷了什么东西

为了守住这份宁静

为了守住这份安谧

真希望时刻都睁大眼睛

　　永远永远也不要睡去

　　现在读来这是十分幼稚的，但在当时确是激动了好一阵子。后来又以类似的方式写了好多，意在加入当时的朦胧诗派，可惜始终没有得到认可。原因十分简单，即文字的浅薄和思想的苍白。1979年，在我处于痛苦徘徊的时候，我得到了当时在《长春》（现为《作家》）做编辑的诗人黄淮先生的指点。他说，你生在乡下，长在乡下，又有很好的古典文学功底，为什么不以熟悉的表达方式来写你熟悉的生活，而硬要模仿别人呢？这一敲击使我省悟，我开始回归乡土，以一种稚嫩的，几乎接近于童声的歌唱加入了另一支队伍，开始了真正的诗之旅程。从1979年到1984年，我以古典加民歌的方式，以改革开放后的关东农村为背景，写下了二百余首乡土诗，散发在《诗刊》《星星》《作家》《诗人》等全国几十家报刊上，在省内外，乃至全国都产生了较大影响。现在看来，这些作品虽然在当时获得了成功，但在艺术上是没有多少成就的，之所以能在当时走红且引起反响，与那个时代有关，和当时的政治气候有关。当时，正是党的十一届三中全会之后，中国农村发生了翻天覆地的变化，时代需要歌声，老百姓需要歌声，乾坤的扭转者更需要歌颂，文以载道，顺应了潮流。这些诗有一部分选在了本书的第七、八、九辑里，作为个人留作纪念，也可让读者略窥一斑。

1984年，我又一次离开工作岗位，重新进入大学就读。可以说这是我诗歌创作的黄金时节。那时我已在诗坛上奋斗了五年，在社会上已小有诗名，加之我所学的专业又压力不大，所以，在校的大部分时间都给了诗。这一时期，因为学识的长进、阅历的增加，对诗歌创作形式以及题材的选择和风格的追求都发生了很大的变化。不再满足于那种程式化的歌唱，不再紧盯着乡土生活的表层。我开始关注社会，开始探寻历史，开始走向人的内心世界。当时，有诗评家说，读我的诗有一种冷峻的美，有历史英雄主义倾向。像《北方的记忆》《雪中》《北中国的太阳》《面向未来》《抒情第六号》等，都是这一时期的作品。在风格上已由传统向现代方向迈进。但我并没有背叛传统，我的脉管里流着长江，流着黄河，流着祖先殷红的鲜血。

　　我承认传统，但不相信定义。这是我当时的一贯主张。我认为诗是主体与客体感应的流线，是一种情感的文字展示，是力与美的结合，是漂浮的岛屿，是没有名字的新城。诗，只可以感受，但不能诠释。一首诗，只能让人联想到什么，但决不能说明什么或证明什么。诗，不是一种定量容器，对诗的估价只能依靠理解。任何武断都是徒劳。诗，不是诗人自己的宠儿。诗人必须为读者留下足够的空间，诗的完成应是作者与读者共同的义务。这些，都是我在1984年以后转折时期对诗的理解。到现在仍未改初衷。可以说，与诗结缘，特别是对诗有所理解之后，我不再崇拜任何流派，也不主张任何主义，我只想唱出自己的声音。唱出青春与生命的壮美，唱出北方的粗犷与憨实，唱出爱的温馨与甜蜜，唱出思想者的痛苦与忧戚。我认为，这些年来，青春、人生与爱始终是我诗的主题；真诚、质朴与哲思，是我诗的底蕴。我认为，诗需要一种永恒的美，同时也需要一种忧患意识，尽管它总让作者痛苦，却能使社会深沉。但同时也必须明确，诗不是生活的记录板，诗是变幻的多棱镜，诗是作者灵魂之光的折射，但又绝不是灵魂本身。写到这里，我觉得应该提到一位我十分崇敬的诗人，这就是已经旅居国外的北岛。在我诗歌起步的年代，可以说当代诗歌规格化倾向已到极限。是北岛的出现，对这种统一化的艺术模式产生了巨大的冲击。用谢冕先生的话说："他的由断续意象的叠加构成的总体的多向的象征效果的艺术，使'五四'开始的象征诗歌传统在长久的间断之后得到衔接和延续。他改变了传统诗歌的情节性结构体系。他打破了固有的时空秩序，有意地予以错杂的重组：时间的流动和空间的移位，给诗的表现增添了纵深感和穿透力。"在他的诗歌作品中，多层架构的复合意蕴已经取代了单向的、固定的、直接的叙述方式，通过意象的模糊性和内涵的不确定性，造成了突出的朦胧的审美效果。这是在当时其他诗人不能比拟的。1984年后，我对他的作品进行了较深入的研究，受到较大的启迪和影响。这在我后期作品中有明显反映。

现在，我将过去二十年来这些散发在各类报纸杂志上的习作搜集到一起敬献给读者，是一次奉献也是一次自我诗歌创作的全面总结。这些年来随着时间的推移，我的诗风也在屡进屡变，几至于一次与一次之间面目全非，这可以在这九辑诗中得以印证。特别是近年来，哲思代替了激情，深沉淹没了乖巧。我想，这就有如一个人的成长和一件事物的发展，今天的我已不是昨天的我。今天的太阳也绝不是昨天的太阳。有一个演进的过程，也是否定之必然。尤其是我将诗之触角伸入儿童领域之后，我几乎又回到了童年，以一种原始的，没有任何技巧的方式宣泄着情感，为孩子们写出一些连自己都感到莫名其妙的诗。我将它们分之为少年系列、儿童系列和幼儿系列，但无论哪一种，都有一个共同的特点，那就是真诚。当然，这些诗绝不能收到这部集子里，但我想既然是诗，在此提一笔也无妨。除儿童诗外，我近年来诗写得很少，但我知道绝未到封笔的时候，我还会写下去，也许有一天会写得更好。我自己在期待着。

关于《知堂书话》的话

钟叔河先生在他的书中写道："我一直还算喜欢读书的，然读书于我亦大不易：一是不易有闲，二是不易到手，三是不易读懂。有时便只好找点书评书话来看看，舐眼救馋，掬水降火，不免为三百年前的陶庵所笑了。使我感到不满足的是，这类文字虽不算少，真正值得读和经得读的却不算多。奉命来骂或者来捧某一种书的，为了交情或者交易来做宣传，做广告的，自以为掌握了文昌帝君的秤砣或砝码来大声宣布权衡结果的，我都不大想看。我所想看的，只是那些平平实实的文章，它们像朋友闲谈一样向我介绍：这是一本什么样的书，书中叙述了哪些我们想要知道的或者感兴趣的事物，传达了哪些对人生和社会，对历史和文化的见解。这样的文章，无论是客观地谈书，或是带点儿主观色彩谈他自己的读书体会，只要自具手眼，不人云亦云，都一样的为我所爱读。"钟先生是著名的学问家，故有此高深见地。

两年前，一位朋友推荐我一部"书话"，就是岳麓书社出版，钟叔河先生所编，已故著名学者作家周作人先生的《知堂书话》。这本书装帧简朴，校点极精，确是一本难得的好书。

古今书话、诗话，枕上枕下不曾少过，但与《知堂书话》相较，我更偏爱于后者。这部书话的特色之一，就是语言平实，且叙、议独特，不诋、不捧、不矫揉造作。叙则以情，论则以理。如他在介绍《阿丽思漫游奇境记》时，这样说道："近来看到一本很好的书，便是赵元任先生所译的《阿丽思漫游奇境记》。这是一部给小孩子看的书，但正如金圣叹所说又是一部'绝世妙文'，就是大人——曾经做过小孩子的大人，也不可不看，看了必定使他得到一种快乐的。世上太多的大人虽然都亲自做过小孩子，却早失了'赤子之心'，好像毛毛虫变了蝴蝶，前后完全是两种情状，这是很不幸的。他们忘却了儿童时代的儿童的心情，不独不能理解，予以相当的保育调护，而且反要加以妨害；儿童倘若不幸有这种人做他的父母师长，他的一部分的生活便被损坏，后来的影响更不必说了。我们不要误会，这只有顽固的塾师及道学家才如此，其实那些不懂感情教育的价值，而专讲实用的新教育家所种的恶因也并不小，即使没有比他们更大。"这段叙议似乎于书无关，但却有着深刻的道理。其实正是因书而发的。

这部书话的另一个特色，便是内涵丰富，寓意高深的学问于平实的语言中。全书共收书话二百三十二篇，谈及文学、历史、文化、科学、政治等诸种著述，论理独到，且学问高深，无论谈文论史，均不落旧辙，亦不避他人妙语，实在难得。

一个执着的追求者

——于耀江和他的抒情短诗

　　从工作角度，我们是同事。从事业角度，我们是诗友。

　　我们在一个机关里，因为志趣相投，工作之余不免要常凑到一块儿，谈论诗苑轶事，谈论诗与自己；谈论诗的命运和前途。当然，有时也发一些感慨或是说几句不便公开的愤世嫉俗的话。

　　我们对诗的看法不同，走过的路也不一样，想走的路也就可想而知了。为此常常争论，有时甚至争得面红耳赤，不欢而散。但我们的友谊却是牢不可破的，如山如石、如竹如松。因为我们毕竟是相互理解的。

　　我不会写评论，也从未想过为谁写一篇评论。说真的，起先我是带有一种偏见来读耀江的诗的。可后来却渐渐地改变了看法（这绝不能说是我对传统的叛逆，尽管我是在这条路上走过来的，但我从未敢把自己置身于哪一流派），渐渐地爱上了那些带露的小花。

　　扎破我的手指

　　你以为我会生气

　　不，不要羞愧低头

　　我读懂了

　　这句带血的诗

　　爱情不是占有

　　占有只能被刺

　　　　——《赠蔷薇》

　　多么精巧的构思，多么恰当的比喻，多么深刻的哲理。一个醒悟者的形象跃然纸上，谁读了能不赞叹呢?

　　耀江的诗不同于顾城、舒婷；也不同于江河、北岛。在朦胧诗异峰突起的时候，他从另一条小路走上了诗坛。虽然尚未形成固定的风格，但他的追求却是执着的。熟悉他的人都会感到：他的诗和他的人一样，是深沉、内向的，但绝不低沉和昏暗。

　　他对诗有自己特殊的认识。他认为：诗，就是诗，绝不是装饰品，也不做工具。诗，要有自己的思想，自己的语言，自己的"建筑美"——

　　你说，不要爱我吧

我没有未来

望着你闭上的眼睛

我心里充满了悲哀

我理解了，你

也失去了现在

　　　　——《昙花》

　　他的诗都是这样精巧。他认为这是对语言的节约，也是
对自身的尊重。他很喜欢使用通俗的语言，讲究自然排列。
所以他的诗都能够达到浑然天成的和谐境地。

静静的小河下游

水清且浅

能看到每一块石头

我在河边放牛

喜欢这小小的天地

有一颗童心的自由

爸爸常说

和牛交朋友吧

这是做人的开头

　　　　——《静静的小河下游》

　　从他的诗中我们不难看出，他在写作手法上是做了一定

探讨的。他的诗很少有陈旧的形象和直白的比喻，却恰当地
运用了意象和象征。使人感到自然清新又含而不露。

在一阵痛苦的战栗中
在一片光的旋转中
你飞走了

我咬着受伤的手指
咬着过错和记忆

今天，在这株小花旁
我等你
你能不记恩怨重新飞来吗
　　　　——《野蜂》

是对美的追求？还是对过错的忏悔？对谅解的渴望？无
论谁都不敢贸然断定。那就只好让我们用各自的经历和感受
去体味了。

有人说耀江是低头走路的人，我看这也许是对的。因
为谷穗只有在低下头时才有它的价值。他是勤于思考的，在
艺术上不断地否定自己，又在不断地完成自己。但是，这种
否定和完成绝不是轻而易举的。因为艺术的道路和科学的道
路同样崎岖，要想攀上高峰也同样要经历艰难困苦，同样要

付出巨大代价、心血、汗水乃至于其他。1978年，他读大学一年级，发表了第一首诗。用他的话说，那时便以为从此即可跨入诗园了。可那时他并没有跨进去，尽管他把每天的三分之二时间都给了诗。这原因很简单，用编辑写在退稿笺上的话说，就是他的诗"不新，不深"。一个人这样评价，两个人这样评价，当很多编者都这样评价时，他从痛苦中醒悟了。不再自以为是，不再怨天尤人。于是在80年代开始时，他静下来思考，用同代人作为镜子，回过头去检查自己。他的发现有二：第一，机械地模仿前人不行。郭沫若、冰心、田间、贺敬之、郭小川，以及李季、闻捷等，他们都分别代表着自己的时代。30、40、50……而现在已是80年代了。第二，诗中没有自己不行。江河、北岛、徐敬亚、王小妮，这些同代人的诗之所以得到承认，无不是因为找到了自己。

在这一切思索之后，他变得聪明起来，把原来那成批成批的"珍品"交给火去欣赏。实现了艺术生涯中的第一次否定，开始完成一个新的"我"。写爱情，写哲理，写那些别人或是不屑一顾，或是尚未发现的东西。于是一朵朵小巧玲珑的花儿便开放在《诗刊》《长春》《青春》《人民文学》等十几家期刊上，引起了人们的关注。1982年他大学毕业，同年入作协吉林分会。那时他对我说："大学是毕业了，可诗却永远也毕不了业。"这是心里话，也是一句富有哲理的箴言。

近几年，他仍在不断地探索，在艺术上，在题材上（但是由于工作担子过重，诗的产量很低，在他发表的一百五十多首诗中，近两年发的尚不足五十首）。他还想做出第二、第三，以致更多项的否定和完成，去坚定地走完自己的路。

当然，毋庸讳言。耀江的诗也是有瑕疵的，那就是色彩上缺乏亮度；基调上缺乏高度；视野上缺乏广度。这就使人读后感到缺乏时代感和愉悦感。不过，他已经意识到了这一弱点，在近期的作品中已经表明了新的变化。

> 出于对泥土的渴望
> 在没有泥土的地方
> 你悄悄地
> 伸出了根须
>
> 弯曲的根须
> 信念的根须
> 像被大气阻隔的阳光
> 寻找着落脚之地
> ——《栽柳桃》

从这首诗中，我们可以看出，他对艺术的追求并没有改变。他相信自己，要执着地走下去。正像他在《致远行者》中所说：

路是没有尽头的

我们需要充足的

粮食和水

我想，这粮食和水大概就是生活供给我们的养
料吧。

美丽的爱河

——读赵培光的散文诗

域外谈文无别于痴人说梦，故而长时间也懒于说长道短。但是，当《不息的内流河》再一次流到我案头的时候，内心里却忽然产生了一种欲说点儿什么的愿望。说点儿什么呢？权且说说站在这条爱河岸上的感觉吧！

赵培光这个名字，对于喜欢散文诗，以及喜欢散文和诗的朋友们来说，想必不会是很陌生的了。因为自从这条"内流河"出现在这个世界上之后，他就成了岸上的风景，在正在爱着和曾经爱过的青年男女间出尽了风头。屈指数来，这条河已流走了千余个日夜，赵培光的名字也该是响亮了四五年了。但是过去人们认识的只是一条条小河，可如今它已汇成一条汹涌的大河了。这条大河仍是原来的名字、原来的风貌，不同的只是原来都是散章，现在却是一部精致的书了。我们应该为他高兴。

不需我说，朋友们也都知道这条《不息的内流河》是条美丽的爱河，站在它的岸畔，你会醉于那温馨的风和细碎的浪，你会恋上那飘浮的云和远去的帆。你也会走进"多梦时节"，你也会想起"忘不掉的五月"，你也会去"想念一个人"，你也会去寻求"另一种慰藉"……这些，不仅仅是这些，都流自于这条不很宽的河。

如果有朋友问，这条《不息的内流河》有什么特点？我想我只能用"真诚"和"婉约"这四个字来概括。培光在书中介绍自己时，说他"崇尚真诚和热情"，我想他说的没有错，他的这条"内流河"就是由这种真诚汇成的。通读全书，文中无半点虚饰，字里行间袒露着一个现代男性的憧憬、思恋、痛苦与欢欣。梦是赤裸裸，爱是赤裸裸，情是赤裸裸。

如果说到"婉约"，人们不难想到柳永、周邦彦、李清照等人的词作，但我敢说，我们这条爱河河主既不是游手浪子，也不是多情女人。故而这条《不息的内流河》也不同于那些艳词丽歌，它是家的体验、爱的哲思。书中的每一篇都能给人以启迪和昭示。写到这儿，我想起了美国的普拉斯先生曾经说过的一句话，他说："有了巧舌和诚意，你能够用一根头发牵来一头大象"。看来，这条爱河河主即以他的"婉约"和"真诚"将我们牵动了。

我与散文和诗都有些瓜葛，但对散文诗却不敢妄加评论。不过就我读过的散文诗作品和知道的散文诗作家来看，培光虽不能与郭风、柯蓝、许淇、李耕以及省内的秋原、胡昭、文牧等前辈同语，但他的作品在青年散文诗作者中还是少有匹敌的。此乃一己之见，说于是，愿与朋友们共商。论者向有玉中求瑕之习，然我今乃域外谈文，便自可免了。

夜耘斋杂话

开 篇 赘 语

霍耀生先生是我的朋友，他几次约我为他主持的《现代消费报》写点儿东西开个专栏。我也几次答应，但都终未兑现。时值1996年8月，这位年轻的报人再次来催，才下定决心，不推冒昧，商定开下"夜耘斋杂话"这个栏目。

"夜耘斋"乃笔者简陋的书房。笔者并非专事笔墨的作家，乃半文半政的"半拉子文人"。8小时内不是规规矩矩坐在机关里"办文"，就得匆匆忙忙到基层"办事"。只有等到夜阑更深，歌舞餐厅灯红酒绿之时，才可坐到这简陋的书房里看看喜欢的书，写点想写的文章。所以，就附庸风雅将这小小的书房命名为"夜耘斋"。既取"夜耕"之意，以资自励，同时也表明我这人"公私分明"，8小时内绝没有贻误正事偷干"私活"。

"夜耘斋杂话",就是想到哪儿说到哪儿,想到啥写点儿啥。我这人生来做事不擅计划,因此,凡事随意性都很大。耀生先生深谙我这一弱点,故而也就同意了开这个"杂话"。但我还是给自己一条规矩,即写"杂话",决不写"瞎话"。"杂话"的特点就在于杂,或文化、或历史、或文学、或政治、或工商,究竟"杂"到什么程度,我也说不清楚。我的想法是尽我最大的努力,把所历、所感、所听、所想、所读、所看真实地写出来,供《现代消费报》的读者来品味。如果我写的每一篇小文都能给读者以启迪,以快慰,或是其他什么有益的感受的话,那样,算没有辜负这块版面和霍先生的一片深情。

这里,要顺便做以交代,《现代消费报》约我开这个专栏,绝不是因为我是什么文化名人。得此荣耀,是因市个体消费者协会隶属于市工商行政管理局,而在到现在这个岗位之前,我曾在这里工作了一年零三个月。并且和工商系统的同志们结下了深厚的友情。这段说明决无其他用意,旨在希望读者把我权当一个聊天朋友,每周来这么一次,我说你听,岂不乐乎?

中国汉字

据说在黄帝时代，有个叫仓颉的史官，面生四目，智慧过人。有一天他出外散步，见鸟足之迹而生灵感，于是就造起字来。这是从《荀子·解蔽篇》里演绎出来的一段关于文字起源的故事，是否可信，已无从考证。但从殷商开始，中国即有了文字，这已成为定论，发展至今已成为世界一大奇观。

其一，中国汉字数量之多非其他语种可比。在世界上应用较广的语种如英、法、俄、日、西班牙语等至多不过几十个字母，而我们的汉字却数以万计。我所知道的最早的字书大抵是秦相李斯作的《仓颉》篇，收字即有3300多。东汉的时候有个许慎，作了一部《说文解字》，字数已收至9000多。到了明末，张自烈撰了一部《正字通》收字收了3.3万多，简直可称之为浩如烟海。与之同时，还有一部字书叫《字汇》为梅膺祚所作，收字37179个，同样蔚为壮观。等到了清代康熙年间，张玉书等人奉诏编出《康熙字典》，中国汉字就已超出4万，准确数字是47035个，外国人听了，感觉就像天方夜谭。之所以近年来世界上兴起汉语热，我想不能与此无关。

其二，中国汉字是一门奥妙无穷的艺术。这里暂且不谈风靡全球的中国书法，因为它本身就属于另一个范畴的艺术门类。仅这些字的构造诠释就可称为了不起的艺术。典籍

《周礼》中就提出了六书之说，到了汉代又有了六书的诠释和名称。如依照物体形象造出来的字叫"象形字"，比之于"猪马牛羊日月水火"之类，若以小篆写之，栩栩如图画一样。再如用两个字合成一个字，而这个字的意义又是那两个字的汇通，这就叫"会意字"。比之于"止""戈"为"武"，"人""言"为"信"，"不""正"为"歪"等等，内蕴无限，妙趣横生。再如"形声字"，一个字表形，一个字表声。或上或下，或左或右，声形结合，天衣无缝。如"水""戋"即为"浅"，"金""戋"即为"钱"。还有"指示字"，用抽象的符号指示无形的事类，如"点"在"刀"上即为"刃"，"点"在"大"上即为"犬"。还有"转注字""假借字"，无不让你震惊。除此之外，还有一音多字，一字多音，一字多解等等，更是了不起的学问。

读小学的时候，先生只告诉我们汉字是学习的工具，就像兵家的刀枪剑戟，农人的斧钜钩镰一样，却不知这字中还有这么多奥妙。后来到大学，学习训诂，才品其中之味，可那时用心浮躁，只满足于应付考试，浅尝辄止，未曾深究。今闲翻清末人《说文句读》似有所得，信笔记之，让大方者见笑了。

英 莱 人

夜读杂志，得奇闻一则。

缅甸国东有一片高原，名曰掸邦，高原之南有一片水域，其广千顷，名曰英莱。英莱湖上有"浮岛"数座，栖民数万，这便是被称为"水上民族"的英莱人。

英莱人依水而居数世之久。他们取湖口水草和泥土，筑成漂在湖上的浮岛。浮岛宽两米，厚约一米，长达百米，以竹竿定于水中，其上可以种蔬果，可以种稻米。还可排竹造屋、竹墙竹顶、竹门竹窗，就连用具亦为竹制，竹桌竹椅、竹榻竹床，款式奇特，做工精细。

岛上物产丰足，吃者用者皆由湖中提取。岛上人很少与外界往来，五个部落，七万岛民固守这"世外桃源"。他们自耕自织，轮流开市，以物易物，用原始的方式交换生活之需。

英莱人最奇特的是用脚使船，手扶船桨，姿势优美，技艺绝伦。记得在正大综艺电视专题片中，台湾那个号称"李大胆"的女孩曾登临此岛，并坐上了英莱人的单桨船。但那镜头实在太短，似乎仅仅是一闪。那天提的是什么问题已经忘了，但却记住了那灵活的脚和那移动的船。

少时读晋人陶渊明先生的《桃花源记》，深为武陵人的奇遇而震惊。那"土地平旷，屋舍俨然。有良田、美池、桑竹之属。阡陌交通，鸡犬相闻。其中往来种作，男女衣着，悉如外人。黄发垂髫，并怡然自乐"的境界甚是令人向往。然而那只是一位隐逸者的梦想，而今英莱之地却是实实在在的。如果将来有机会，一定到此一游。

两座蛇岛

　　读过《圣经》的朋友，一定会记得那条告诉亚当和夏娃偷吃禁果的蛇，它被上帝流放之后，便在这个世界上四处游荡。可是亚当和夏娃的后人并没有因其给了生命而感恩戴德。与之相悖，竟恩将仇报，世代为敌。故而，这尤物之后代只好漂洋过海择岛生息。

　　据有关资料记载，目前世界上较大的蛇群占据两座海岛。其一为大连的小龙山岛。该岛位于旅顺西北的渤海湾中，与著名的老铁山遥遥相对，相距大约有六七十海里。岛狭而长，东南西北走向，面积不足两平方公里。岛上多岩，其势陡峭险峻。岩上多树，其貌魁伟翁然。树间杂草丛生，茂茂盛盛。草中蛇群频动，其状令人毛骨悚然。三年前，我与二狂生舟行至此，绕岛观瞻未敢登临。同游者说，该岛有蛇数种，其数累万。长者数尺，粗如三龄棕树。凶猛无比，常捉鼠鸟之类充餐。后回大连蛇馆，经解说小姐指点，方知同游者多有耸言。大连蛇岛多为蝮蛇，并无巨蟒，但蝮蛇亦凶，天下有名。

　　其二为西太平洋中马里亚纳群岛中的关岛。这座夏罗莫人为主的岛，总面积五百平方公里，南高北低森林繁茂。沿岸有珊瑚环绕。风光秀丽，景色迷人。先为西班牙人所占，后为美国人据有。并辟为军事基地。此地原本无蛇，但近年来却有数以万计的褐眼镜蛇密集其上。此物体长身大，昼伏夜出。岛鸟食尽之后，竟登堂入室袭击婴儿，给岛民带来极大威胁。据美国《国家地理》杂志报道，该岛目前已有蛇百万，超出人口数量十倍，如不采取措施捕杀，岛民恐难逃劫难。研究人员认为，这些尤物之种可能是在二战中从太平洋南部乘船而来，几十年繁衍，遂成祸患。看来战争实在可恶，给人类带来的不仅仅是战火的灾难。

听友人云，除此之外在澳洲等地还有蛇岛，但无幸登临，亦未见资料，故不敢胡言。

奇树杂记

作为山里人，对树木一直有一种特殊感情。小时候随父上山，曾遍识山中树种，凡可见者无一遗漏。我亦以此为荣，想我便是世界上认得树木最多的人了。然而醒世之后，耳闻目睹，读书看画，始知自己孤陋寡闻。原来世间树种之多乃我辈不敢想象，特别是奇花异木，更令我等咋舌。

去夏赴成都参加一次童话作家笔会，有江西文友言，在革命圣地井冈山，有一种常绿阔叶树，晴天夜晚熠熠发光，光可照人，当地老表称之为"灯笼树"。据科学考证，该树叶含有大量磷质，故在风干之夜，因与空气中的氧气摩擦便发生亮丽银光，可谓树中一奇了吧！

日前读《寰宇记》，书中有这样一则："缅甸在滇南，有树头棕，高五六丈，结实如椰子，土人以罐盛面悬于实下，划其实，汁流于罐中以成酒，名"树头酒"，或不用面而取汁，熬为白糖，其树即贝树也。查缅甸国有关史料，这种贝树不仅实可酿酒、造糖，其叶大如扇，取之亦可充纸。佛界有著名的《贝叶经》，即以此撰写而成。

在菲律宾、苏门答腊等热带国度，有一种棕榈科植物，其高数十米，其叶如羽，重叠复出，出于干顶。此树木质丰富，内含淀粉，开花之前伐倒切断，从中剖开，刮出白质入桶浸泡，数日后便可"沉浆"。然后除水晒干，碎以成米。其状圆润，其香无比。这种产米树名为西谷椰子树。乃树中之宝，是当地土人的粮仓。

在被世人称为"不毛之地"的塔克拉玛干沙漠，有一种茂盛乔木，其名为胡杨。胡杨者高高大大，枝繁叶茂，蔚然成林。此树不畏风沙，不怕干渴，顽强倔强傲然挺立，巍巍然有君子之风。据考古者论证，其祖在此扎根大抵有六千五百万年，诸多族亲或畏强暴自消自灭，或寻乐土东奔西迁，然此公儿孙固守至今不改初衷，为天地立命。实在可钦可敬。

在太平洋中的澳洲，还有一种叫杏仁香桉的树木，其高可达一百五十余米。比我们的电视发射塔还要高出数丈。其围基三十余米，如将其掏空，可成为世界上最高的楼房。这种树可称为树中巨子，在植物中可能再没有什么比它更高的了。

因篇幅所限，仅列举如是几种，可称树中之奇。写到这里，我想出这么两句话：物若无奇空为物，来亦无声，去亦无息；人生无长妄为人，有尔无多，缺尔无少。物人一理，我辈警之才是。

老妻少夫

按中华国统，夫妻匹配，必应男长于女，夫大于妻。如《周官》《曲礼》等春秋时代的典籍中均有"三十而娶、二十而嫁"的记载。男女必须年龄相差十岁始可成为夫妻。此乃上古，进入封建盛朝，三妻四妾，老夫少妻，年若祖孙相差数十岁者亦不足怪。即使到了现代，婚姻立法亦以男长于女而定法龄。

然在大洋彼岸的美国，却盛传老妻少夫奇闻。某州一孀居老妪，年八旬有二，竟与年仅二十又八的俊少结为伉俪。初闻以为此老定为富婆，不然何以让少男动其春心？详查才知差矣。老妇无钱无产，少男亦非痴非傻，他俩原为邻居，孤男寡女相互关照，日久生情，由情及爱，遂结秦晋。

此等轶事，在世界影都好莱坞亦有所染。报载，仅近年就有琳达·伊文思，苏珊·萨兰登，红星雪儿，芭芭拉·史翠珊等资深美女寄情少年郎君。伊文思曾因电视剧《朝代》走红，后因性感女星宝迪·瑞克插足，使其婚姻受挫。后嫁于富翁理查·克恩，可最后还是劳燕分飞。两次不幸，一度使其谈婚色变。但在她五十一岁时，遇到小她十三岁的美籍希腊作曲家杨尼后却又沉爱河，且过得甜甜蜜蜜。

苏珊·萨兰登亦是如此，在情海沉浮几十年后，竟嫁给了比她小十二岁的影星蒂姆·罗宾。曾有人预言，这桩婚姻不会美满，可萨兰登这一次却让预言者们大吃一惊。她婚后不但继续拍戏，且事业家庭两不误，与罗宾一起生了两个孩子。如今更是爱得如胶似漆，让那些老牌明星们好不羡慕。

至于雪儿和芭芭拉·史翠珊更是让人难以理解。目前虽未有归宿，却专门找可作自己儿子的帅哥谈情说爱。仅以后者与美国网坛小将阿加西的闪电恋爱为例，就足以证明这点。年过五十的芭芭拉经常去为阿加西助阵，助威时竟像十几岁的女孩儿一样活跃。赛后双双离去，欢乐永夜。

有社会学家对此颇为关注，欲进行一次心理研究。他们通过多种方式与这些明星们接触，得到的回答让研究者吃惊。萨兰登说："年龄的差距并不是问题，同床异梦才是感情的毒药。"雪儿说："和帅哥谈情说爱，可以证明我的魅力依旧。"史翠珊更加直率："只有年轻男子才能令我感到自信。"唉，文化有别，道亦不同，相信国中传统如我辈者听后都会咂舌。

寻 找 珍 珠

在我刚刚学习写作的时候，有个很有影响的作家叫陆文夫，是写小说的，他在谈创作体会的时候说过这样一段话。大意是，寻找创作素材就像是在人生路上捡石子，当你回过头去，凡是能看到的便是有意义的，看不到的便是没有意义的。所以，他说自己很少记日记，也很少记笔记，理论是记忆最深刻的东西是留在心灵上的，只要你闭上眼睛就会看到。他这番话对我影响很大，这是一个有着丰富人生经历的老作家的切身体会，也是他留给我们特别是留给那些有志将来当作家的年轻人的宝贵经验。

把他这段话引申开来，就是写作者一定要做一个有心人，学会用自己的眼睛在生活的海滩上寻找珍珠。生活是丰富多彩的，就像大海，潮起潮落，变幻无穷。一会儿风平浪静，一会儿又风起云涌。每次潮汐之后，海滩上都会留下很多宝贝。所以，海边的人们就要赶海，来捡拾这些财富。大海的潮汐是有规律的，日期不同、季节不同，海浪带到沙滩上的宝贝也不同，赶海的人一定要细心观察，把握规律去收获财富。写作的人也应该这样，要注意发现，练就观察生活、把握细节的能力。我们每天无论是学习还是生活，都要接触很多人和事，甚至要亲身参与许多活动，那些让你感动，让你记忆深刻的，就是你写作时要寻找的珍珠。你用你喜欢的表述方式把它们记录下来，这就是文章。

那么，怎样才能找到珍珠呢？古人说过这样两句话，应该认真体会。一是文章本天成，妙手偶得之；二是清水出芙蓉，天然去雕饰。其一告诉我们，珍珠就在你身边。就藏在你的亲人、朋友、老师、同学身上，抑或你在街上、商场、影院、书店、车站、机场见到的陌生人身上，你要用你的心灵和眼睛去观察、去发现。这里的关键是自我感受，透过现象看本质，看人物和事件中蕴含的能给人启示的东西。比如一种精神，一种力量，乃至一份感动，不能人云亦云。要发现别人没有发现的，要挖掘别人挖掘不出来的，这样写出的文章才能吸引人、感动人。如果练就了这样的本事，你离当一个优秀作家就不远了。其二告诉我们，要忠于生活，忠于事件的本身。小说家可以脱离生活原型编故事，但故事必须遵循艺术真实，是此人身上没有，但在人群中一定会有，此地没有发生，但彼地一定发生过，或可能发生。总之，不能信马由缰，违反规律。如果是写散文或其他记事文章，就用不着去胡编乱造。只要你把事件或人物本身最精彩的部分描述出来，就能打动人、感染人了。要记住，描述不能平铺直叙，记流水账，要写人物和事件最精彩、最动人的部分，其余可忽略不计，就像摄影和画画时取景一样，只取最漂亮的一点、一段、一面，让人看了过目难忘。

当然，写好文章除了发现素材之外，还有很多要素。比如主题的确立和挖掘、素材的取舍、语言的运用和风格的养成等等，这不是一篇小文就可以告诉大家的，要在写作实践中摸索、体会。这里只讲在生活中寻找珍珠，这是写作的基本前提。

另外，文前引陆文夫先生那段话，不是鼓励爱好写作的青少年朋友不写日记、不记笔记。这要因人而别，写日记、记笔记是很好的学习和锻炼方式，好的日记本身也是散文。

《书画周历》出版后记

印制一本《书画周历》是我们一帮人的想法。这帮人都不是专业书法家，也不是专业画家，而是一帮子机关干部。他们白日为百姓奔波，到了夜里就备了笔墨信手涂鸦。书画益情，亦益健康，还能帮人消除郁闷，消除烦恼。于是，沉浸其中的人就笔不离手，日日用功，日日精进。他们偶尔把体会说与同事，同事就起了"妒心"，也备笔墨，也买字帖画册，临之摹之，久而久之，亦有了进步，有了心得。

一日，和几个笔友聊天。他们说，现在机关的文化氛围大不如前。过去还有点文体娱乐活动，现在是日出上班，日落回家。在办公室面对一台电脑，一部电话；回到家里，一台电视，一部电话。书读得越来越少，字写得越来越差。特别是年轻人，他们会外语，却怠慢了母语，会使键盘，却捉不住毛笔，熟悉科技，掌握信息，却很少知晓历史，知晓传统文化。而那些浸染了书画香气的同志，也同样需要对话的平台，需要一个可以敞开心扉的家。

2006年，我们成立了机关书画家协会。节日里，在市委、市政府的大厅内挂出了这些书画爱好者的书法和绘画。领导在那里驻足，惊叹机关里还有这样一批人才；同事在那里观看，议论：真看不出××还有这样的才华；他们自己在那里，指指点点，相互交流，俨俨都是里手行家。作品登上了报纸，很多人看了，眼睛顿时睁得老大，是羡慕亦掺杂着惊讶。作品印成画册，瞬间分撒一空。

办完那次展览，就得出这样一个结论：不仅文人喜欢书画，机关干部也喜欢书画。嗣后，就有更多的人去买笔纸，笔纸就变得越来越贵了。有更多的人去买书贴画册，书贴画册就脱销了。先练的人成了老师，班后常有人围过去请教，他就滔滔不绝，然后又戛然而止。十有八九，今晚会有酒喝了。当然，这些书画登不得大雅，在专业人士看来还都不入流，可敝帚自珍，这是机关人的心书心画，不精，但多大气；趋俗，但多厚重；不雅，但多纯真。

又一日，协会里几位同仁提出，要将会员们的作品做成台历。向关心我们，支持我们的各级领导汇报，向2009新春献礼。原想制成日历，日历需要作品太多，可心的作品捉襟见肘；后又设想做成月历，月历幅面太少，无法满足更多作者的心意。经过磋商，就做了周历，一周一篇，既不奢华，又不小气。为了节省资金，他们自己翻拍，自己设计。将封面上的2009设计成一朵祥云，意在祝新的一年每个人都事业顺达，吉祥如意，将农历丁丑以牛代示，牛是扬头公牛，意在祝我们的国家我们的城市更加牛气。

今天，这本精美的《周历》已经摆到桌子上，衷心希望它不仅仅是一个团体工作成果的展示，办公桌上一件普通的工具，更希望机关里更多的同志在记录工作的时候，看着这些作品唤起自己的文化记忆。同时，也知道身边还有这么一帮人，工余没去酒楼喝酒，没去洗浴打牌，没去歌厅唱歌跳舞，没去茶楼谈玄论道。一盏清灯，一支画笔，日日用功，天天努力，以墨洗脑，以纸鉴心。

来自心灵世界的声音

——《中国精神》序

　　诗人思宇，耗时一年，为记录2008年"5.12"四川汶川抗震救灾的百余幅照片配写散文诗，其情其举，令人钦佩。他在孙茂升先生帮助下将其出版，并嘱我作序，无法推辞，故写下这篇文字。

　　《中国精神》以"5.12"大地震为背景，以照片和散文诗反映全国各族人民在以胡锦涛同志为总书记的党中央领导下，万众一心、众志成城，不畏艰险、百折不挠，以人为本、尊重科学的伟大的抗震救灾精神。歌颂党、军队、人民在国家和百姓最危难时刻所表现出的可歌可泣的英雄壮举和感天动地的民族精神！

　　《中国精神》是一部多人摄影集，也是一部散文诗集，是我目前所能见到的，能反映汶川大地震的摄影与散文诗合璧艺术的唯一作品集。摄影作品真实地记录了从党和国家领导人到解放军战士，从灾区群众到救援人员的英雄壮举；散文诗作品深刻地展示了在大灾大难面前，我们伟大民族发出的人们心底的声音。读之，其思想性能振奋人的斗志；其艺术性能鼓舞人的心灵。它能够让灾区的人民从悲苦的心灵世界得到解脱，从解脱的心灵世界得到精神上的安慰，在安慰中再次振作起来，鼓足干劲，更有信心地重建家园。这是不可或缺的来自艺术世界所催发的精神动力，这种精神动力，尤其是对在大灾大难中造成恐惧心理，暗影笼罩下的人们，更能起到意想不到的鼓舞作用。

人，生活在物质世界里。但人的生存必须依靠强大的精神支柱。为理想而活，为信念而活，为伟大的追求和高尚的信仰而活。失去目标，就会丧失动力。小则为己，放大了就是国家，就是民族。这部书所记录和反映的就是在危难时刻，我们中国人不屈的精神——中国精神。

"诗为心声"，《中国精神》是诗人面对举国震惊、举国悲痛、举国抗争的"5.12"大地震都应发出的声音，它检验着我们在祖国和人民最需要的时候，用艺术的语言，与广大受灾群众在心灵世界里交流沟通。作为诗人，思宇找到了用摄影与散文诗相结合的交流沟通的方式，传达党和各级政府对灾区人民的亲切关怀，以及来自全国各族人民和世界各国政府、人民的支持及援助，让灾区人民得到了物质上的帮助和来自心灵上的安慰。

但愿这本《中国精神》能给灾区人民乃至全中国人民以

鼓舞。擦去泪水，振奋精神，为重建家园出力。众人之力兴旺中国，兴旺起的中国，人民一定幸福！

景 春 其 人

　　李景春是我大学专修科时的同学，但不同龄。我入学时
二十多岁，他已经三十多岁。他高挑大个，浓眉大眼，清瘦
但不羸弱，少言寡语，但说出话总是很有见地。入学前他在
一个县级市委组织部门工作，是科级干部。论级别论岗位，
可以算作官场中人，但在两年的学习生活中他给我留下的印
象是只有机关工作的干练，绝无官场中人的油滑。他很正
直，敢说敢讲，虽然平时语迟，关键时语锋总是很犀利。读
书的时候，我们同属于来自县城的乡下人，班上大多数都是
来自市直机关和企事业单位的城里人。他们人多势众且又有
一些职位很高，所以，在他们个别人的眼里自然就将我们列
入了这个特殊人群中的下等。景春很不服气。有一次喝酒的
时候，他说："城里人有什么了不起？老子只不过生错了地
方，如果一百年前生在皇宫，再损也能混个王爷。"

景春不是作家，但景春爱好写作。他说他二十几岁的时候在人民公社的宣传组里干过。写过通讯报道，还写过剧本、编过节目。我也是自小就喜欢写作的人，由于在入学前我在报刊上发过一些作品，还获过奖，在学校里被那些不谙世事的大学生们捧为诗人。缘于这种机缘我和景春就成了同学中的朋友。我们同住在一个宿舍楼里，吃在一块，睡在一块，但不同屋不同床。成人上大学和孩子上大学不一样，成人有妻有子，要养家糊口，还得拼命地填充知识。孩子不然，孩子就是孩子，孩子大学生想的是玩儿，然后才是学。稍大一点是吃玩儿，恋爱，最后才学。所以那个时候我给我们这些人一个特殊的命名，叫"太学生"，其取意于太字下边的一点，那就是家庭、责任、义务等等，真是太累了。但景春并不觉得累，他一边上学，一边帮妻子养康拜尔鸭，学习、养妻、教子一样不差。成人上学很苦，吃不敢大吃，花不敢大花，每周回家一次，叫每周一"歌"，但景春从不叫苦，他说这是财富，这段生活有一天可以写进书里。那些日子他确在默默地写，但不曾发表过，写的是什么也不得而知。

前些时候，突然接到他的电话，说他要出书，嘱我给写个序。并说，求你写序不是因为你在文场上有名，也不是因为你官大，是因咱们是同学，彼此了解。再者就是他出这本书不是为了出名，也不是为了赚钱，而是为了了却一桩心愿，送给同学和朋友看看留个纪念。他说，他现在已经退出工作岗位，不再担任财政局长，也没用官场的余温到民营企业"混钱"，而是一边读书写作，一边帮孩子开个电脑店。养家糊口足矣，读书写作乐矣。话已至此，人已至此，情已至此，我已没有理由推辞了。

他把他的书稿送来，想让我看了再写。可一来我这些天实在太忙，二来我想也没有看的必要。李景春就是李景春，一闭眼就能想出他当年的样子，他的个性他的为人，他的才华，连同他的佚事都了然于心，还看他的文章干什么？我想把我知道的这一切写出来，肯定会比名人给生人写的序好。因为名人给生人写序，求者要的是名人的名，而不是序。景春求我重的是情而不是名。情之所至，文采自彰，我自信不会给景春的文集抹黑。至于景春的文章，读者自可读后再加品评，文如其人，我相信他的文章肯定是真诚的善文。

留给未来的财富

　　长春建城二百年，历史上从没出现过什么大作家大诗人，也没有外埠的大作家大诗人留下什么关于长春的笔墨。除沙俄和日本人留下些许殖民遗迹外，祖宗更没给我们留下什么有形的传承历史和文化的东西。鉴此，长春绝对算不上是一座文化积淀深厚的城市。但是，现代的长春又的确是一座科技文化城，是一座文化氛围十分浓郁的城市。大专院校、科研院所随处可见，文化活动、艺术沙龙层出不穷。如果你走在街上，或挤在公共汽车里，无意间踩了什么人的脚，很可能就是一位教授或是某一领域的专家。所以，在这座城市与人招呼，最好少称师傅多叫老师。

　　文化人多，城市就变得风雅。嘱文作赋，学书习画，蔚然成风。于是，就有了各种协会、学会，同道们聚到一起谈玄论道，品评作品，切磋技艺。长春市老年书画研究会，就是这样一个由几位离退休的文化老人发起成立的业余文化团体。他们在岗的时候都是市里的领导，离退休后便成了文学艺术活动的骨干。团结带领离退休的老同志心潜翰墨，情醉诗文。还创办了自己的刊物《夕阳书画园地》，并多次举办各种大赛和展览。还组织专家学者和爱好诗文书画的老同志们一起召开研讨会，介绍创作经验，交流学习体会。这本文集就是作家、书画家和广大会员诗文的汇编。取名"逐日"，当意在老同志们老当益壮、老有所学、老有所为，珍爱生命，不舍昼夜，追赶时光，仍怀青春梦想。

乱世出英雄，盛世出华章。收录在《逐日集》中的诗文未必篇篇都能传世，但对我们这座文化积淀不深的城市来说，肯定每篇都是重要的文化符号。它们记录着这个时代，记录着这座城市的变迁，记录着这个时代中生活在这座城市里的人们的心声。对于未来，将是一笔宝贵的精神财富。陆景林、于福今是我的老领导，也是文学和书法界的前辈，他们嘱我为本书作序，的确是诚惶诚恐。但是他们对事业的这种执着，对城市的这种热爱又着实感动着我，令我无法推辞。故而，艰难地写下这些文字，如果有伤本书大雅，还望作者和读者海涵。（本文系为《逐日集》作的序）

梨花盛开的日子

    20世纪70年代末80年代初，我在梨树师范学校读书继而教书。也就是在这个时候，开始和文学恋爱，踏上诗歌创作这条"摄魂之路"。当时的梨树虽然是传统的农业大县，但因"文革"期间有丁耶等一批诗人、作家下放到这里进行改造，故而在这片生产大豆、高粱、玉米、水稻的土地上播下了文学的种子，生长出一批诗人。高继恒、赵长占、郭殿文、孙文成、赵舒平，等等，使一个远离都市远离文化中心的偏远县城成了诗歌之树疯长的场圃。

    那时县里还没有文联，组织辅导业余文学创作活动的机构是文化馆里的创作辅导组，高继恒就是这个组里的辅导老师。文化馆办了一张报纸，叫《梨树文艺》，后改为《梨花》，再后来改为《梨花文学报》，很多诗人的第一首诗都是发表在这份没有刊号的刊物上。高继恒是一位十分有才气也十分有个性的诗人，是当时梨树诗坛的领军人物，在全省乃至全国都有一定影响力，后来不知缘何原因远走河南，让一支刚刚建立起来的队伍没了领袖。1982年，邓万鹏、于耀江大学毕业，相继回到梨树，以他们出众的才华和在诗坛上取得的突出成就再一次撑起梨树诗歌的天空。此间县里成立了文联，一个主席，两个干事，虽然都不懂创作，但对文学事业不乏热情。而且和我们三个人都是很好的朋友。那时，我们三个人都进了县直机关，一个在文化局，一个在团县委，一个在教育局。白天努力工作，晚上拼命写诗。偶尔偷闲在文联狭窄的办公室小坐，聊谁又有了什么新作，谁又有什么体会，谁又攻下了哪家杂志。偶尔也去酒馆或家里小酌，面红耳赤之后依然还是谈诗，谈哪儿又发现一本可以刊登诗的杂志。于是，我们的诗就从梨树出发，到天南地北去闯荡江湖，见营就扎，见寨就占。《诗刊》《诗人》《星星》《诗歌报》，从中央到地方，从省内到省外，从内地到边疆，铺天盖地，全面出击。那些日子去得最多的地方不是商店也不是书店而是邮局，大包小裹时是去寄稿，赤手空拳时是去取钱。

我们三人在诗坛立足之后，县里文联的野心也膨胀起来，他们提出要壮大诗歌创作队伍，扩大梨树诗歌的对外影响。于是就把省市文联作协的领导请来，把省内外的著名诗人们请来，把刊物的编辑请来，在叫作梨树却没有梨树又应该是梨花盛开的季节举行盛大的"梨花诗会"。诗人登台朗诵自己的作品，演员朗诵诗歌经典作品，一时间诗歌成了梨树文坛的主角，"梨花诗会"在全省乃至全国都产生了积极的反响。"梨花诗会"一共举办了三届，除邓万鹏、于耀江我们三人外，丁耶、黄淮、李占学、张常信、薛卫民等都是这一活动的重要参与者，还有王玎、万忆萱、徐敏亚、李映、李冬生等，他们在不同的岗位从不同的角度都给梨树诗歌发展以巨大的帮助。每一届诗会之后我们都出一期《梨花》诗刊，还编了四本《北方》诗集。在这一系列活动的影响下，梨树诗坛出现了更加繁荣的景象，从官员到百姓，从知识分子到农民，人们一时间以能诗为荣，孔令国、山牧、高尚、张玉洁、张铁军、王芳宇、王志发等等都是这时加入和唱的。

后来，邓万鹏去了平顶山再进郑州，于耀江调入四平市文联，我入四平师院读书之后又到长春工作，梨树诗坛从此沉寂。二十几年过去，我们三人在各自的城市不同岗位继续着个人的诗人梦，却很少关注那个梦开始的地方。去年，山牧在我的博客上留言，说他们于2008年成立了梨树作家协会，并在新浪上设立了梨树作家协会博客。看后十分欣喜，因为那里有一长串陌生的名字，而且有一批不俗的作品，他们就是梨树诗歌的明天啊。

梨树犹在，梨花盛开，但愿再结出更多的果实，香透百年。

小樱·史瓜普的传奇夏天

    2010年这个元旦，是有生以来过得最惬意、最难忘的一个假期。我从冰天雪地的北国飞到鲜花盛开的海南，躺在三亚湾的海滩上看碧水蓝天、看波飞浪卷、看书。而且，还认识了一位漂亮聪颖执着沉稳的女孩，她的名字叫小樱·史瓜普。

    小樱不是中国人，她出生在加拿大不列颠哥伦比亚省的柯尔港。这是一个海滨小镇，全镇上的人都靠捕鲸和打鱼为生。六月的一天，小樱的爸爸被台风和暴雨困在海上，小樱的妈妈焦急万分，她把小樱交给邻居九十岁的波菲迪小姐，驾着一艘小帆船去营救丈夫。此后，小樱便寄养在波菲迪小姐家里。小镇上的人们都认为小樱的父母无法生还，可小樱不信，她用《圣经·约拿书》里乔纳的故事鼓励自己。她对波菲迪小姐说："对我而言，它（乔纳的故事）是说人的心中要充满希望。我很确定我的父母如果没有被鲸鱼吃下肚的话，现在一定在担心我过得好不好，而且急着回家找我！"

可是两个月后，小樱的父母没有任何音讯，而且他们银行里的存款作为寄养费已支付得所剩无几。在这种情况下，好心的镇民找到小樱的舅舅杰克·狄恩先生，他原本在加拿大另一端的新斯利舍省哈里法克斯市的海军服役。上帝慈悲，他不久竟调防来到了柯尔港的海军基地。从此，小樱便和舅舅生活在一起。舅舅为了照顾她，在部队又一次调防时毅然辞掉了海军的职务，留在小镇做棒球教练兼做房地产生意。

九月底雨季开始，小樱每天都冒雨跑到码头上去等父母回来，可她没有等到父母，却在警长彼得斯的办公室里看到母亲走时穿的那件黄色雨衣。警长是想让她相信妈妈已经死了，可她却异常兴奋，异常喜悦，她对警长说："你曾经对一些与证据相反的事深信不疑过吗？"警长皱着眉头思考了好一阵子，最后点头示意，有过。之后，发生了两件不幸的事情，一是在小樱帮舅舅卖房子的时候，被汽车轧去一个小脚趾，住进了医院。二是出院不久，在码头捞鱼的时候失掉一段小手指。这两件事虽然都是因小樱想念父母失神所致，却和舅舅的疏忽有关。爱管闲事的哈妮卡小姐（小樱学校的辅导员）把杰克告上法庭，于是他失去了对小樱的监护权。而小樱也不得不离开舅舅，被寄养到另一座城市——纳奈莫市没儿没女的伯特夫妇家里。这段日子里，杰克一直与"儿童保护服务协会"的人周旋，想讨回对外甥女的监护权。而小樱在异乡也思念舅舅，同时更加坚信困在海上的父母一定能够回来。

在柯尔港小镇上，包泽小姐是小樱的朋友，她是一个外表冷漠内心火热的女人，她老大年纪没有结婚，但内心中却对恩恩爱爱的美满婚姻充满渴望。她和小樱有过一段对话。她说："你妈妈是因为爱你爸爸才会不顾暴风雨去找他，这才是真爱，是非常难能可贵的。这个镇上的大部分小孩都没有健全的家庭。看看你的周围，他们的父母不是一个死了一个活着；就是两个都活着但离婚了，谁也不跟谁说话；再不然就是一个妈妈和一个夜莺型的爸爸，爸爸唱完一首优美的歌之后就无声无息地消失了。至于那些父母都在的，又有几个妻子能抛下一切，穿上雨衣，到黑暗可怕的暴风雨中追寻她的丈夫？这真让我感动得想哭啊！"她开了一家叫"红秋千上的女孩"餐馆，会做拿手的松饼。她总是在小樱无助的时候给她帮助，"红秋千上的女孩"便成了小樱的避风港。一天，小樱、伯特夫妇、杰克舅舅正在餐馆里用餐，杰克开发的别墅却着起火来，杰克冲进火海救出了曾经让自己失去小樱监护权的哈妮卡小姐，而他却受伤住进了医院，还摊上了官司。有人怀疑火灾是杰克开发时偷工减料所致，如果这是事实，杰克将面临坐牢，这让小樱和她的朋友们十分担心。这期间，曾经照顾过小樱的波菲迪小姐离开了人世，这在感情上对小樱又是一次沉重的打击。

小樱的故事到这里并没有结束，但我却不得不结束假期离开海滩。海南的冬天让人留恋，三亚湾海滩上的餐馆更让人留恋。在那里我虽没吃到小樱在"红秋千上的女孩"吃到的松饼和牛排，但露天烤鱼、烤蟹也决不会比柯尔港的小吃差。由于北京大雪，机场关闭，不得不曲道长沙飞回长春。曲道长沙的飞机也不顺利，先是在三亚机场说飞机未到，不能按点登机，后又说飞机故障维修后再登机，一推再推，从上午10点等到夜里10点才进到机舱里。两个小时飞到长沙，带着行李下飞机等待，再次维修，依然不行，再两个小时后转登另一架飞往长春的客机。天空中的夜晚是寒冷的，旅伴们都在抱怨，唯有我顾自地捧着一本书看，关切着小樱的命运，关切着她父母的命运，关切着她这个不平凡的夏天。书上说，转眼间就到了加拿大的圣诞节，杰克出院了，小樱陪她到海边散步。他很兴奋，他说电工已经向警长坦白，别墅起火是因他偷剪电线所致。杰克清白了，小樱从内心为舅舅高兴。他们养的小狗麦洛玛跟在后面，它也似听懂了杰克的话，兴奋得又蹦又跳。这时，有一艘船轰隆隆地驶返，甲板上的人兴奋地望着岸上，小樱认出了他们，那是她的父母。

　　这是一个动人的亲情故事，被美国人波莉·霍维斯写在《松饼屋的异想世界》里。小樱·史瓜普就是这部小说的主人公。这部小说出版后在全美引起了强烈反响，成为美国图书馆协会推荐的童书，并获纽伯瑞儿童文学银奖，美国家长精选奖小说金奖等多项大奖。我读的是中文版，是台湾人闻若婷女士翻译、贵州人民出版社出版、《妙笔》编辑王红蕾小姐送给我的。今夜我坐在飘洒着雪花的窗前把它推荐给你们，希望能够喜欢。

怀念杨迪先生

汉俳学会王中忱同志打来电话，说要为杨迪先生出一本纪念文集，嘱我为其题写书名并写篇纪念文章。题签没有问题，但按我和先生的交情、对先生的了解、乃至于对其作品的熟悉程度，写纪念文章委实有点困难。可中忱是老同志，态度恳切，且说了一件让我十分感动的事。他说，在杨迪先生弥留之际，他和几个俳友前去探望。此时，杨先生已病入膏肓，处于时睡时醒的半昏迷状态。大家为了调动他的精神，便不厌其烦地和他说汉俳。他似听非听，似醒非醒，就在大家想离开让他安静休息的时候，突然醒来，以他特有的幽默说了一句"以后汉俳的事我不管了，你们去找党。"中忱说，在杨迪先生清醒时和他们谈过，说汉俳学会要想坚持下去，一定要得到市里和文联等机关部门的支持，有困难找我。弥留时说的找党，即指找我。听了之后，一时无语，再难辞其请。

　　杨迪先生是长春市的老领导，是我敬重的几个文化老头之一，离休前曾作过主管文教工作的副市长，同时也是一位勤奋的有成就的诗人，有多部散文诗和汉俳作品问世。我和先生相识，应该是20世纪90年代末，市里召开第九次党代会，老同志被邀来参加开幕式。会上他在报告的空白处写了四句诗，下会让工作人员转给我。那时我刚当办公厅副主任，第一次主持党代会报告起草工作，能得到一位老领导的赞誉，尽管知道是溢美之词，仍然十分高兴。特别是听人说这还是一位老才子时心里顿生几分敬慕。后来就有了一些来往，但过从不密。直到近三四年，他组织成立了长春市汉俳学会，在筹备出版《汉俳诗刊》的过程中结下了忘年之交。他那种特有的幽默、机智，特别是对这座城市文化事业的执着令我感动。大概是2007年夏天，他差人给我送来一封离休干部李廷和同志写给市委、市政府的关于职业教育和青少年思想道德教育的信，我转给了相关领导和相关部门。之后又送来了王兆一同志的一套书，写了一封介绍王兆一以及"红绸舞"、建议挖掘长春文化遗产文化资源的信。连续举动让我对一个离休的老同志肃然起敬。建立友情是因为共同爱好，因为文学；产生景仰则是因为他对这座城市的关心，对文化事业的热诚。再后来，他又次第送来自己的俳作《红绸舞》《千古风范——悼孙力同志》等作品，征求意见。我写新诗，不懂汉俳，但心感其诚，不揣冒昧，一老一少，交情益深。

先生患病期间，我多次代表市委、代表主要领导同志到医院和家里探望，每次相见，谈病情少，谈汉俳多。特别是2009年春节前的一个下午，大概是农历腊月廿九，我和肖峰同志来到他家。他吃力地坐在床边，清癯的面庞，深陷的眼窝，干裂的嘴唇，灰白的头发，艰难的呼吸，在冬日淡淡的光晕中令人黯然泣下。那时，他仍不知道他自己得了癌症，他说他是肺炎，相信天转暖后会好。然后又谈汉俳，谈《汉俳诗刊》的经费。我们不忍听他痛苦吃力且强作快乐地叙说，便说了拜年的话告辞。不想这一次竟成最后的长谈，待他再次入院，便只有只言片语的交流。

一晃，先生已走了一年。他的家人怀念他，老朋友老同志没有忘记他，尤其是他的俳友更是时时刻刻在想念着他。大家写纪念文章、筹资出纪念文集，如果先生九泉有知，当可以安慰啦！

梨花开处翰墨香

　　梨树是一片神奇的土地。千里沃野，万顷良田，黝黝黑土，松软肥沃，雨多不涝，雨少不旱，年年风调雨顺，岁岁稳产高产，在中国乃至在世界上都是少有的粮仓。但这地方不仅产粮食，还产文人。有史以来，从这里走出去或和这里有瓜葛的文化人士数以百计。二十年前我在县里工作的时候，曾查过《奉化县志》。奉化为梨树前身，设治于光绪四年（公元1878年），治前这里久属蒙疆，是科尔沁达尔罕王的分藩之地。至清嘉庆年间，蒙王奉旨招垦，始有内民迁入。那时的移民多来自山东、河北、河南等地，直到建县，才有江南人士迁入。首任知县钱开震即是浙江仁和县人，同来的还有他的亲家——安州陈文卓等一批文人。他们在这里设堂讲学，游历唱和，嘱文作赋，开创了读书尚文之风。此后百余年间，薪火相传，连绵不断。革命家、著名诗人钱来苏就出生在这里，十一岁开始写诗，二十二岁和他的父亲钱宗昌一起创办《吉林日报》，宣传反清救国。1910年加入同盟会，1942年奔赴延安，走上革命道路。他一生一边工作一边创作，留下了两千多首记录日俄战争、辛亥革命、五四运动、抗日战争、解放战争史实的诗作，谢觉哉评价他"浩气海可吞，贞节金难买"、"傲骨楂枒穷益健，热情澎湃老弥坚"。他的诗作被收入《十老诗选》，并有《钱来苏诗选》行世。此后还有姜仕彬、赵长占，作为本土诗人20世纪50年代即有诗集问世，并在全国产生影响。到了20个世纪60～70年代，"文化大革命"给许多文化人带来了灾难，却给梨树文学艺术发展带来了契机。由于丁耶、黄淮、山河等一批诗人作家下放到梨树，对梨树文学创作产生重大影响。有一批文学青年就这样走上了创作之路。邓万鹏、于耀江至今仍活跃在诗坛，而且在全国诗界都是重量级人物。

　　至于书法，梨树亦有源流。前面提到的钱开震、陈文卓，还有当时的训导赵万泰，以及钱开震的儿子钱宗昌都是当时著名的书法家。据说"文革"前，在梨树二中院内尚有钱宗昌书写的《泮池文泉记碑》，后来被毁，未能亲见，实在可惜。我读中学的时候正值"文革"后期，在我就读的梨树七中就十分重视书法教育，校长程宏忠、语文老师张志、全振喜都是书法高手，还有粮库的工会主席张喜林，他们四位都是我的启蒙老师。我当时读书是在县下面一个偏远的公社（现在叫镇），在那样的岁月、那样的环境，尚有这么多人爱好书法、学习书法，尚书之风可见一斑。1978年，我到县城读书，继而工作，多次参加文化馆、文联组织的书展。吕小兵、任向芳、白石、李俊和的作品给我留下深刻印象。果不其然，后来他们都走向了全省、全国，成为有个性风格、有影响的书法家。后来还得知军旅书法家孟繁锦也是梨树人，这更让我对梨树书法刮目相看。梨树书法家之于诗人和作家可以说是"巾帼不让须眉"。

前些时候老友赵凤山和白石来，责成我为家乡书展作品集作序，并介绍了县里书法活动情况，令人欣慰。他们说县委、县政府对书法活动十分重视，不仅成立了书协，2007年还组织了一次大展，并出了作品专集，县委书记、县长亲自题词祝贺，省内外名家送力作助阵，盛况空前。目前全县已有国家书协会员六人、省书协会员二十一人、市书协会员三十三人。今年是第二次大展，希望我一定参加。为了践诺，思忖良久，便有了上述这些回忆。这是一个地域的文脉传承，文学也好，书法也罢，也包括创自于这片土地现在火极一时的"二人转"，都是文化积淀的产物。其实，深究梨树历史，文明远不止百年。在梨树县域之内有两座古城遗址，一是偏脸城，位于今梨树县城北四公里处，昭苏太河之阳，古称韩州，始建于辽代，大概在公元1116年前后。因为《梨树县志》记载，收国二年五月（公元1116年），金军南下，在照散城与辽兵会战，并破辽兵六万，很可能就是这里。从出土的金、银、铜、铁器具，以及青砖、布纹瓦当和铜钱可知，九百年前这里即是政治、经济、文化比较繁荣的大城市了。二是叶赫古城，位于梨树县东南四十五公里的叶赫镇（现划入四平市）叶赫河畔。是当时夜黑国国都，慈禧太后的祖居地。最兴盛的时期是明朝万历之初（公元1573年），建有东西二城，后为清太祖努尔哈赤所灭。但叶赫那拉族系出过一个清代有影响的大诗人纳兰性德，这应该是那个时代这片土地上出的最大的文人了。这也是梨树的文脉，尽管中间荒芜近三百年，但仍然无法割断。

凤山和白石还为我带来了2007年他们出版的《梨树县书法作品精选》，其编后语有两段话写得很精彩，集中反映了梨树书法的现状。"改革开放以来，政通人和，社会安定，便聚集潜心于书道之士，于后又组建书法家协会，意在徘徊颜柳欧魏其间，寄情笔情墨趣之上，情馨趣雅，乐此不疲，潜心研读，笔耕不辍，学识与人格共修成，技艺与情操齐跃进。几经砥砺，几番琢磨，佳作频出，成绩斐然，屡次在国家、省书协组织的书展中入展获奖。""之所以取得成绩，源于作者摆脱浮躁，远离诱惑，神清气定，心旌摇曳于笔山墨海，灵魂徜徉于字里行间；源于书道同仁互相鼓励切磋；更源于外部环境和谐，诸多领导及社会各界的鼎力支持。"有这样一批书法同道，有这样深厚的文化基础，有这样良好的社会环境，梨树大地、梨花开处，何愁不翰墨飘香？！

想 起 丁 耶

见到肉皮，想起丁耶，作为他的学生，实在是大不恭敬。但是，又不能不如是写来，因为他曾教诲，笔必写心，否则便妄称为文了。

认识丁耶，是在十年前，那时我在县城一家师范学校读书，听朋友说丁耶来了，便逃课到招待所拜谒。那是一个下午，窄小的房间里很黑，开门是一张小桌，桌上胡乱地放着纸张和杂志，一个干瘦且矮小的老头睡眼蒙眬，见我，不经意地伸出一只手，另一只手则在紧裤带儿。这就是我平生见到的第一位诗人。那一次谈话颇为投机，他说他就在我老家那地方下放，说他的屯子叫于家街，说他有时候到小镇上买粮路过我们村后的甸子，说曾看到过放猪的孩子。那孩子可能是我。还说他和我本家一位伯父是朋友，他们常常一起被揪斗。那一次好像均为叙旧，没提过与诗与文有关的话。只是在分别的时候说了一句"你小子还挺聪明，书一定要好好念。"

后来就搜了他许多逸闻，知他离开老家后，被调到县文化馆搞创作辅导，可好景不长，为进一步改造，要送他去化肥厂劳动。为这，他曾带着四五十年代出的几本诗集去见一位文化局长，那位大人看也不看就把书扔到了一边儿，悻悻地说，"这都是一些过时的玩意儿。"情未求成，反惹一身恼气，之后就干起修车修鞋之类的勾当。这类事他从未亲口对我提起，他只说过那个时期他偷偷地写了《辽河之歌》和《鸭绿江的木帮》两部诗集。

说到肉皮，是他迁回省城之后。那是我借来长改稿的机会去看他，他非要留我吃饭不可，说要趁此庆贺他的一部新书（散文集《边外集》），说要让我尝他一个拿手好菜，——红烧焖子。结果开席之后，我吃到的却是水煮肉皮。对笑之后并不尴尬，自说又为文坛添了件轶闻。

说心里话，我一直认为，在朋辈中丁耶最不喜欢的就该是我。这大抵缘于我一直涉足官场多些油气。但我却不敢因之而恼他，因为抛却诗文不论，做人，再无比他更率真的了。他的生活一直不很如意，少小流亡，中年劳改，暮年境况稍好，又有病妻痴子，命运对他实在是太不公平了。但他却一直笔耕不辍，这又实在太让人敬佩了。

我已进城一年，却因忙于世故一直未能去看他。如果此刻他也忽然想到了我，一定会在心里骂我呢吧？

丁耶的故事

"我这人生来就是走星兆命，在运动中运动了六十个年头……"

这是丁耶《自寿诗》中的句子，读来诙谐幽默，却又逼人深思。那是怎样的六十年啊，流亡、下放……坎坷与磨难使岁月衰老，他却依然。一对睁不大的眼睛烁烁闪光，被雕刻过的脸上溢着微笑，那光中，那笑中隐寓着对人生的自信和对灾患的蔑视。

"你小子来干吗，想当扒手？"当我说明来意的时候，他这样叫道。我有些茫然，他却哈哈大笑，一笑竟笑出一串儿有趣的故事来。

扒　手

　　丁耶说他跟扒手一向很有缘分，屈指数来，他大约有十个认识与不认识的"朋友"。他说他很对不起他们，因为他的钱包常是空的，他挤了挤眼睛说："有一次，我在一个小站买票，一摸，钱不见了。这次我可恼了，有再三再四，哪有再六再七的理儿，真不讲义气。我挤出了人群，开始侦破。"凭着他那敏锐的目光和丰富的经验，他终于发现了目标，就在那双罪恶的手伸向一个农民口袋的时候，丁耶一把抓住了他。他把扒手拉到一边，摊开另一只手，那扒手便乖乖地招了。他不想索回那几个零钱，只想要回那只常常吃不饱的钱包，可却已经被丢进厕所去了。他没有把他送到公安部门，因为他眼前站着的是一个可怜的孩子，他要挽救他。诗人感到有一种不可推卸的责任。说到这里他很激动，那小扒手就在他面前似的。

呼噜和臭虫

　　1984年秋天，丁耶应邀参加"绿风诗会"。在乌鲁木齐，下了飞机就到处打听哪儿热闹，有位老阿妈说："群众饭店。"他乐颠颠地去了，一问，没有单间，要住只有百人宿舍。"我想百人宿舍就百人宿舍，管他呢，住下再说。谁知一拉门傻眼了，这里真的住着百十号人啊。"

他晚上睡觉，最怕听人打呼。这下可好，刚刚躺下便呼声四起，有如雷动。他说："我听着听着，竟发现一个秘密。"

"什么秘密？"我急不可待地问。

"听呼可以断定人的口音啊！"他说："山东的，广东的……东北人打呼噜像虎啸，河南人打呼真酷似昆角呢！"

怪不得马季到长春采访，要让丁耶接待。

他说："我说你小子可别不信，听呼能听出瘾来，那真是一种享受呢！"

丁耶是一贯爱蹲小店的。有一次他在一个小店过夜，睡着睡着，忽然被什么东西咬醒，打灯一看，原来是几只臭虫。这时他抬起头来问我：

"你说世界上什么动物最幸运？"

"猫，或者狗吧！"

"不，是臭虫。"

我有点儿疑惑，他说："你想，他们每天都喝血，每天都调味儿，今天上海的，明天北京的，一会儿男人的，一会儿女人的，喝饱了就睡，够了就喝，你能说它们不是最幸运的吗？"他的眼睛紧紧地盯着我，我已经领会了他的用心。啊，诗人，怪不得他有那么多篇富有个性的诗作。

关于检讨及其他

丁耶是一位诗人，出了十多部诗集。可1985年花城出版社却把他列入了散文家的队伍。据悉，继《边外集》之后还将出版一本《左拾遗》。我问他："您什么时候写起散文来的？""参加革命。""参加革命？""对，参加革命。这些年来，我的检讨比作品的文字多。检讨社会影响，检讨阶级根源……"他见我大惑不解的样子，重重地吸了口烟说："你小子还不明白？检讨也是一种散文啊！检讨锻炼了我的文字，使我老练深沉，使我摆脱了过去，找到了一个真实的我。"

是的，他找到了真实的"我"。他的散文热情、幽默、深刻、隽永，让人疯笑，让人流泪，让人反思。正像散文家郭风同志说的那样，丁耶为散文创作开拓了一条自己的道路，对我国的散文发展有着特殊的贡献。

即将辞别的时候我问他："您最近还想写些什么？"

"还是检讨。"他严肃地说，"不过检讨的面扩大了，我要对我们过去所犯的错误进行力所能及的反省。"我们是应该"反省"，我思忖着。他的老伴儿又进来添茶，听说"反省"，马上表示要算她一个，我们又一同朗笑起来。

《飞天》相伴别有天

1984年秋天，我离开工作岗位到四平师范学院中文系学习。此时，学校里像薛卫民、于耀江等几位在全国较有影响的诗友都已经离校，因此一入校便成了校园诗歌的领军人物。

我原本是77级入学的中师毕业生，1978年开始发表诗歌作品，1979年留在母校梨树师范任写作课教员。是沿着古典加民歌的道路走上诗坛的传统一族，是和陈所巨等同期的"乡村歌者"。重新回到学校，学业压力一点儿没有，整天泡在图书馆或宅在寝室里翻杂志，读诗，写诗，和《飞天》就是这样结下的缘分。《飞天》是当时诗歌栏目页码较多的杂志之一，和《长春》差不多少。但它的诗比《长春》新潮，现代风格突出。特别是"大学生诗苑"专栏，专发学生作品，似朦胧不朦胧，可算为后现代吧，看了让人耳目一新。那时，我也只有二十几岁，情感与在校生无别。因此一弃从前风格，放弃传统，放弃乡村，开始书写内心世界，并试着给《飞天》投稿。不长时间，收到张书绅老师来信，十分欣喜，又过些时便收到发表作品的样刊。

现在想来，《飞天》之于我不仅仅是发表作品的园地，更是一位天使，把我从地上引到天空，加入现代歌者的行列。此后一发不可收拾，先后在《诗刊》《星星》《诗人》等诗歌杂志发表了《抒情第六号》《北方的记忆》《八月画梦录》等大批现代特色突出的作品，对我后来的创作影响巨大。

我是黑龙江省龙江县人，和姜红伟是老乡。接受他的邀请，我感到十分亲切。他说他要出一本关于《飞天》"大学生诗苑"的书，让我写篇回忆文章。想想，就想到这些。应该能够表达我对这本刊物和对书绅老师的感激之情吧？

写到这里，还想起一件与《飞天》有关的事。那时，我在写诗的同时，也写儿童诗、少年诗。当时，除《儿童文学》《少年文艺》以外，北京已经有了一本专门面向中学生的《中国校园文学》。看到《飞天·大学生诗苑》后就想，为什么不可以办一本面向大学生的《大学生诗刊》呢？我向学院党委宣传部提出了建议。当时有位办院报的于立军老师很感兴趣，他说他做学校工作，让我跑刊号，并张罗联系作者，准备创刊号。记得当时给已离校的大学生诗人叶延滨、徐敬亚等都发了信，他们都表示支持，还寄来了作品。后来，学校党委书记和宣传部长都换了人，我也面临毕业。《大学生诗刊》就这样流产了，非常遗憾。

冯耀实的诗

认识耀实同志，是好多年前的事情了。那一年，我受一位领导指派带人去总结九台市发展特色经济、带领农民致富的经验。在市委办公室同志的陪伴下，走了许多个乡镇进行调查，并和所有市级领导进行交谈，这其中就有分管文教和城建的副市长冯耀实。那时的印象，就是他人很年轻，说话不多，但很干练。后来，听说他又当了市委常委、组织部长。再见面时，他已是市委副书记。但从未想到也未听说他也是一位诗人。

知道耀实写诗，是2006年他的第一部诗集《心韵》出版以后，先是在报纸上读到了一位诗友关于他这本新书的评论，不久就收到了他寄来的书。我在诗坛混迹多年，每年收到诗友和各色人等的诗集无数，开始时皆能认真拜读，后来收得多了，且多为滥竽充数，就没了热情和兴致，收到便放在一边，弃了作品，只留下一份友情。耀实的《心韵》，就这样一直放在办公室的书架里。直到2009年我又一次收到他的新作《情韵》，才为这位老友的勤奋和高产所震撼，便将两本书一同带回家来逐读，才知道他痴迷于诗已有二十年的历史，第一本集子里的作品是用十七年时间写成的，出书之前是从日记本里一首首整理出来，又送给好友反复征询意见，才付梓成书。此后，诗潮澎湃，一发不止，又三年，又结集出了一本新书。

说实话，对于机关公务人员的文学写作，不能用专业作家和职业诗人的标准来评判。他们完全是工作之余，兴之所始，情之所至，有话要说。长则为文，短则为诗。或记录一个事件，或表达一种心境，嬉笑怒骂，完全随兴。不追求表达技巧，不讲究行文方式，随心所欲，实话实说。耀实的作品便具有这样的特点，是本真写作。其实，诗虽高雅，并不神秘。古人讲"诗言志，歌咏情"，在心为情为志，用文字表达出来即是诗歌。凡是有情之人，无论达官显贵、贩夫走卒，只要略通文墨，都可以写。当然，人分九等，才有高下，没有一定文学修养肯定无法成为真正的诗人。耀实是有文化的，20世纪七八十年代，即是德惠县委机关里有名的才子，所以，他一直以他的方式写他心中的情和志。

读耀实的诗，不能用诗歌美学的一般定式来衡量它的优劣。这是一种完全的现实主义写作，或歌或讽，直来直去，语言浅白，却不乏意境。美学上还有一个重要原理，大俗即是大雅，一切到了极致，美自然应运而生。我是沿中国古典加民歌一途走上诗坛的，但也从未反对过朦胧诗和现代诗。我主张百花齐放、百家争鸣。传统也好，现代也罢，只要写出真实性情、大的境界就是好诗。在唐代，李白、杜甫的诗，一个激情澎湃，一个沉郁冷静，都是好诗。李贺含蓄内敛，也是好诗。还有白乐天，诗写得平白如话，老妪可读，亦是好诗。耀实的诗，我个人认为便可比白居易，通俗易懂。

耀实在这本新书中还收进了许多照片，是他自己拍的，大多拍的是他现在生活的这座城市、这片土地上的风景、人物。我对摄影没有研究，只知道美即是艺术。摄影和绘画差不了多少，都是光、线条和色彩的建构。诗画同源，诗和摄影也应该是根脉相连，至少也是远房亲戚。大爱无疆，大美无界，诗也好，摄影作品也好，都是耀实要表达给这个世界的心声。但愿大家读了，都能为之心动。

其实作文很简单

金本老师打来电话，说他们办了一本小学生作文辅导刊物，让我谈谈创作体会。在我看来，其实写文章是件很简单的事，就像我们小时候学习说话，学习吃饭，学习走路，学习各种游戏，看父母怎么做我们就怎么做，看老师怎么做我们就怎么做。看得多了，练习得多了，自己慢慢就会了。这里的关键，是你得认真去学。也就是说你想要把文章写好，首先要把文章读好。要精读细读反复读，既要读懂文章中的内容，又要看明白作者是怎么写的。文章中的事都是我们生活中的那些事，读的过程中你若能够让自己参与进去，身临其境，而且投入情感，融入其中，你就会体会到作者是怎么把它写出来的。下回让你去写同样的事，你就不会犯难了。就像刚上学的时候不会写字，天天练习，记住了笔画、结构、形态，自然就会了。

那么为什么有的同学一写文章就头痛呢？就是因为你文章读得太少，而且读的时候走马观花。你没好好向别人学习，自己怎么能会呢。所以，要养成读文章的习惯，还要学会读好文章。课本里的文章都是好文章。是从各种书籍中千挑万选选出来的。每一篇都十分精彩，每一篇都有特色。因此，同学们在读课外书之前必须先学好教材。读文章要用心，古人说书读百遍其意自现。只有百读不厌，细心体会，才能知道作者要和你说什么，怎么说的。只要你用心去读，每读一遍都会有新的收获。好文章都注重细节。生活中的一件小事，一个人，他说话的神态，走路的姿势，动作，衣着，栩栩如生。这就要求我们想写好文章必须做一个有心人。平时注意观察，注意积累。有人说好奇心是最好的老师，这话非常有道理。你对什么都好奇，并且像打电子游戏那么上瘾，你就会在不经意间把生活中的一些细节装进脑海里。到时候，让你写文章就如同探囊取物，十分容易十分简单。

当然，要想把文章写好光有素材还不够，还得有一定的文字基础，要有语言和词汇的储备。这个更简单，你文章读的多了，词汇自然就丰富了。你想写晴朗的天空、艳阳高照、万里无云、长空万里、红日当头等等词语就会蜂拥而至，等待你去挑选。这时你就成将军，点将出列，威风凛凛。我反对写文章总套用成语，或者追求语言的华丽。表面好看，空洞无物，那样的文章不是好文章。好文章的语言都十分朴实，就像平时说话聊天一样，娓娓道来，亲切平和。只要你能把你要表达的思想，表达出来就是一篇好文章。我曾经说过，文章的最高境界就是用最简单的文字表达出最深刻的思想。你们慢慢体会，我真的不骗你们。谢谢金本老师找我和你们聊天，更期望能早日读到你们的文章。

俗 眼 观 书

——我对当代书法现象的几点思考

文以载道。一篇文章无论好坏，总要表达一种思想，一种意图或一种主张。我于书法只是爱好，造诣不深，习书之外极少深刻理论，故本文非理论文章，只是对当今一些书法现象的理性思考。书法在中国已有几千年的历史，从传说中的仓颉造字至甲骨、钟鼎符号的广泛使用；从战国诸雄并立至秦国，李斯统一书体；从钟繇立楷至羲之行草问世，乃至颜柳欧赵，直至当代启功、刘炳森等大家的标新立异，书法在不断地进步。从实用书写到书法艺术，写字已上升到纯粹的审美范畴。书法在今天已不是单纯的文字和书写功能，书法自身已上升为一种文化，和文学、绘画、音乐一样是形而上的国粹符号。但是，书法走到今天，却越发令人困惑。从碑帖之争至丑书立万，又到今日妍美的回归，争吵不休，公说公理婆说婆理，乱哄哄搞得乌烟瘴气。我十二岁学书，写帖读帖四十余年，虽无成就，但绝非一窍不通。这次省里要求书协同志都写一篇关于书法的理论文章，我不通书理，就门外说书吧，权此就教于各位方家。

1

关于碑帖之争。清朝以前，书家多从帖上继承传统，被后世称之为帖学。到了清朝乾嘉之后，一批文人不再满足于帖学，放弃行草书的妩媚，崇尚篆隶的古拙，力推北派书法，倡导秦汉碑学。于是，不再师帖，开始摹碑，出现了一批弃笔师刀的新锐。至康有为等激进派出现，基本结束了南帖北碑对峙的局面，碑即成了中国书法的主流。我生也晚，才疏学浅，可我知道刀笔永远不同，一个是笔墨纸张以软对软辗转腾挪，一个是钢铁石头以硬刻硬棱角分明，工具不同，材质不同，你硬要用毛笔写出刀刻的效果那现实吗？

同时，纵观碑派书法乃至整个清代特别是清代后期，直至民国，除何绍基、王文治外，有几人留下过几幅好作品？张裕钊是碑派的代表书家，康有为推崇说："廉卿高古浑穆，点画转折，皆绝痕迹，而得态逋峭特甚，其神韵皆晋、宋得意之处，真能甄晋陶魏，孕宋、梁而育齐隋，千年以来无与比。"我看到这段评价后曾找来张帖与魏晋碑版对比，真不知道他老人家如此吹捧以何为据？再看他自己的作品，最有名的是《辛稼轩词轴》，很多方家说好，可我眼拙怎么也看不出好来。及至当代，碑帖之争依然激烈。特别是20世纪80年代初，中国书法家协会成立之后，开始举办展览。孙伯翔等书家写碑获大奖，碑字更加得宠。而进入2000年后，写"二王"的人忽然多起来，获奖的也多起来，书界又开始妍媚。我个人认为，这种争论没有意义。帖乃碑之母，碑版亦为帖之体，碑帖皆承载的是千古流传下来的书法艺术，学碑学帖都无所谓。对于书法同道而言，碑也好，帖也好，只要喜欢就好。毛泽东说，"百花齐放，百家争鸣。"萝卜白菜都有存在的道理，刀有刀的美，笔有笔的美，何必一定要争个高下呢？

2

关于丑书。大概是1992年前后，我已经从梨树县调到长春工作。市里组织一次书法展，我获了一个三等奖。我看了展览，觉得这个结果不太公平。就和书协的同志探讨，问我这幅字哪儿存在问题，和一、二等奖有什么差距。有位老师说，"你写得挺好特别是章法和笔法无可挑剔，但是你看看人家的作品，有创新，有冲击力，你的只是妍美，妍美就是问题。"我一时无语，但内心依然不甘。我就把这幅字投给了《青少年书法报》，《青少年书法报》的编辑回信说，你这幅作品挺好，但是俗，不是我们希望的风格。你应该大胆些，不要把字一定写成"小白脸"。懂了，服了。至此不再参与书展，至此也下定决心，"宁可趋俗不趋丑"。后来，留意国展，大奖基本丑书占先甚至包揽。十分困惑，那一时期连书法杂志也不想再看。书法即为艺术美自当理所当然，连美都不具备还算什么艺术？还有书法艺术是以文字为母体，字已经写的不像字了还可以称之为书法吗？再者说，书法虽为"小众艺术，"但必须坚持"大众审美"，因为汉字是我们的日常使用工具，连小孩子都认得，你说你写得再好，再高妙，人家却不认识也不美还有存在的价值吗？近年来书法回归传统，"二王"、赵孟頫、苏东坡重登堂奥，这是一件好事。这表明在走向和谐的社会环境里，书法家们的心态已经平和，审美观念已经拨乱反正。丑书可以存在，但不宜成为主流。

3

关于书体。启功先生曾经说过这样的话："或问学书宜学何体，对以有法而无体。所谓无体，非谓不存在某家风格，乃谓无某体之严格界限也。以颜书论，多宝不同麻姑，颜庙不同郭庙。至于争坐祭侄行书草稿，又与碑版有别。然则颜体竟何在乎？欲宗颜体，又以何为准乎？颜体如斯，他家同例也。"我认为先生说得极是，文为心声，字为情表，一个人心情如何，际遇如何，写出的字是不会一样的。年轻时写出的东西和年老时也不会一样。作为后来者我们为什么非要写得像某某呢？更何况你不是机器，机器扫描还要走样呢。现在有很多所谓的书法家甚至所谓的名家，评价作品还非得说谁是写谁的，这有意义吗？特别是评奖，你无门无派就要受到排挤，这公平吗？中国书法源远流长，枝繁叶茂，从古至今到百花齐放，我们推陈出新才对，只要有审美价值，符合书法规范，都应鼓励，为什么非得是老黄老苏呢？就是老苏活到今天，他们还能写出一样的《赤壁赋》吗？还能写出当年那个《寒食帖》吗？纯粹是无稽之谈。

我们应该鼓励创新，鼓励独具风貌。要继承传统，推陈出新。书法家不是刻字匠，把古帖描下来再翻印出去。写帖写进去还得写出来，写出个性特点，写出文化底蕴，写出新的境界，不一定非像谁。有所本，还得有所突破，甚至脱离。刘炳森的隶书，启功的行书像谁呢？写得不好吗？他们一直师古但都不泥古，转益多师独成一体，写出了风格，写出了特点，写出了风貌。相信若干年后那也是一代宗师，不管你承认不承认，字就摆在那，历史自有公论。

4

关于书法展览。现在国展成了全国书法的风向标，指挥棒。碑派作品获奖，所有人都去摹碑，帖派入展，又回过来写帖。而且各省各市都要备战，请大师来搞讲座，让获奖作者来传经送宝，甚至办班授徒。于是，书痴们不再师古，而是师展师奖。办一次展,下一次就有了若干复制品问世,期待下一次大展获奖,而且真能获奖。这是什么啊?滥竽充数,把真神赶下神坛,让小鬼群魔乱舞。如此下去,书家都投机钻营,中国书法还会有希望吗?国粹还能继承吗?

在这点上,我觉得吉林省书协这几年来发起的省际联展十分可贵,地域交流,不厚此薄彼,花草树木,共荣共生。让各种风格,各种流派同台竞技,万紫千红。这种做法应该坚持下去。五湖四海水,东西南北风。

5

关于书写内容。书法的魅力并不仅仅在于书法本身。更在于它的书写内容。正于绘画,也不仅仅在于技巧,还在于画什么题材。古代并没有书法这个概念,古人只是写字,用文字记载当时发现的事情。《兰亭序》也好,《祭侄稿》《赤壁赋》也好,在当时并不只是书法,首先是文章,流传下来让我们在读文章的同时,欣赏了书法。当下,书法已变成纯视觉艺术,写什么已很少有人在意。要么写唐诗宋词,抄古人文章,要么写风花雪月梅兰竹菊,字几乎等同于画。这不正常,不利于现代书法的发展。书家学习书法,到了可以创作的阶段,写的已不是功夫,而是才学,是文化,是艺术修养和人格人品。

前些时候在《中国书法》和《书法》杂志上看到关于

书写时代的讨论，很感兴趣，我认为已到了讨论这个问题的时候。我们今天写唐诗宋词能写过古人吗？李白、陆游等历代诗人多为书法大家，他们的字是被他们的诗名淹没，拿出来我们现在也很少有人能比。因此，我们应该写点能记录现实，反映现实情感的文字，让现代书法有书法线条以外的魅力，让后人在想了解历史的同时看看我们今天留下的字，或在欣赏书法的同时读读我们的文章。

现在就是现代，仿古体格律写不出现代，那个我们也玩儿不过古人。要用现代的形式，现代的语言，写现代的情感，写现代的书法，那才会有现代的价值。我觉得国展、省展、市展都应提倡这个，这会督促所谓的专业书法家学点文学，学点文化，不再当字匠当书写机器。

6

关于读帖和写帖。民间有许多关于写字的谚语，诸如"字怕习，马怕骑""照猫画虎""照葫芦画瓢""只要功夫深，铁杵磨成针"，说的都是功夫很重要，要练好基本功。书法有法，要想成为书家必须临帖摹本，知法，学法，懂法，用法。不合法度那是写字，不能成为书法。时下，有很多人特别是"名人"，写几个字就要卖钱，还说这是书法。笑话。有人问我你说××的书法怎么样？我说那是字，不是书法，如果因为他是"名人"，非说那是书法。那也只能称为"名人书法"。书法家不同,书法家应该是"书法名人",所以,必须"守法"。"守法"就得认真读帖写帖。功夫深浅一看便知。但书家不同于工匠,熟能生巧,光下功夫还不行,还得创新,这要靠悟。手摹十遍,不如心临一遍。入脑入心,推陈出新。我认为读帖比临帖更重要,特别是要放宽眼界,转益多师,遍读经典。各家都有瑰宝,常读常有收获。

7

关于书法教育。十年树木,百年树人。培养一个书法家也是一样,必须从孩子抓起。随着电脑的普及,硬笔都要失去用途,更不要说毛笔了。如此下去,书法艺术就要断种了。这绝不是危言耸听。所以,应该让书法进校园、进课堂,让更多的孩子认识毛笔、了解毛笔、会用毛笔。让小众艺术走进大众群体,书法家协会书法家都应该主动承担起这一责任,帮助教育行政部门抓好书法教育。据说教育部基础教育大纲已把书法列入教学内容,只是还没全面开展,我们期待着。

文学的百草园

——写在《儿童文学》创刊五十周年之际

　　一个人一生中永远不能忘记的事情，不是生活中遇到的坎坷，也不是事业的辉煌。从人性的角度，我认为是童年的记忆，是像鲁迅先生在百草园中度过的快乐时光。

　　有许多文学爱好者，也包括著名的作家和诗人在谈自己的成长经历特别是文学创作经历的时候，常常提到一本期刊，就是《儿童文学》。读着《儿童文学》从小学到中学，再到大学。从看别人写到自己写，最后走上文学之路，并一生乐此不疲。我就想，这《儿童文学》不就是儿童精神的百草园，文学少年、文学青年的百草园吗？

　　我和我同龄的作者的人生际遇不同。我的童年是在吉林、黑龙江、内蒙古三省交会的一个小山村里度过的。这个地方叫双龙山，行政隶属于黑龙江省龙江县。那里虽然山水雄浑风光秀丽，却是一片文化沙漠。一千年前是岳飞大战金兵的古战场，五百年前是蒙古骑兵的放牧场。清朝的后期才有从内蒙古、山东、河北迁来的移民，开荒种地，繁衍生息。流民不同流放，流放的多是有文化的官员，流民则全是大字不识的逃难者。所以，这个地方到新中国成立后我出生的1959年，也没有几个识字的人。有人会说书讲古，可没人知道那叫文学。我读书读的是我家东院的耕读小学，是一所办在兽医站外间仅有十几个学生的学校。老师也是流民，是有小学六年级文化的河北"老畜"（乐亭人）。我们能看到的书是课本，除此之外不知道还有什么叫书。更别奢望读到文学杂志，读到《儿童文学》了。

我看到这本杂志是1982年，我在梨树县的教育局工作。局里阅览室订了许多杂志，其中就有《儿童文学》。那时我已从事文学创作多年，写成人诗、写散文，也写儿歌和低幼儿童诗。看到《儿童文学》后，对那里发表的少年诗产生浓厚兴趣，开始试着给大孩子们写诗。并试着给《儿童文学》投稿。一组一组的寄，盼着收到用稿通知。一个月没信，两月没信。就在第三个月已经放弃希望的时候，突然接到了来信，不是用稿通知，是退稿通知。但我很感动，编辑老师写了很长的信，指出作品的不足，希望我修改后再寄给他。寄回后果不其然，作品发表了。而且那首《关于〇的随想》还获了年度优秀作品奖。这对我来说就像打了一针鸡血，写作热情陡涨，几乎把所有的精力都用到了少年诗的写作上。此后在《儿童文学》《少年文艺》等杂志发表的《青春歌谣》

等系列作品都是这一时期写的。

　　1991年，在湖南少儿社组织的作品研讨会上，我认识了在《北京文学》工作的葛冰。我们和上海的周锐、庄大伟，北京已故的常瑞，河北已故的李霞一起，在武侯祠吊古，杜甫草堂品茶，青城探幽，峨眉览秀，走巫山，过三峡。谈创作感想，讲文坛趣事。车上。船上。十几天朝夕相处结下深厚友谊。那时葛冰编散文，听说我也写散文，让我把作品寄他看看。我就寄了《幽默诗人和他的幽默故事》，很快发表出来，并获好评。于是我又成了《儿童文学》的散文作者。1992年我第一次去编辑部拜访，认识了康文信、刘丙君、徐德霞等多位老师，并成为朋友、挚友。大家给了我很多关爱。特别是2005年，《儿童文学》和搜狐网络一起在网上评选全国最受儿童喜爱的儿童文学作家，我幸运置顶。2011年金本老师编我一组《大山里的童话》又被评为年度全国十大魅力诗人。《儿童文学》给我带来了太多的幸运。可以说，在当今儿童诗坛，能给一个业余诗人一席之地，是因为《儿童文学》这个百草园，这片芳草地，是它让我在那里学会玩耍，获得了自信。

　　时值《儿童文学》创刊五十周年，送上幸运者的寄语，愿我们共同的家园松柏常青，山花烂漫，给现在和未来的孩子更多的幸福和快乐。

从无心插柳到水到渠成

——答《天下书香》记者问

记者：我们知道您从20世纪80年代初就开始在全国各大报刊发表诗歌、散文和儿童文学作品，三十多年从未间断。请您谈一谈，支撑您坚持创作的动力有哪几方面？其中，阅读起到怎样的作用？同时，每个作家最初的创作都深受阅读的影响，比如1978年诺贝尔文学奖获奖作家辛格因为阅读陀思妥耶夫斯基的《罪与罚》而引发创作冲动，一发而不可收，最终写出《卢布林的魔术师》《傻瓜吉姆佩尔》等经典小说；莫言因为阅读了马尔克斯，余华因为阅读了川端康成和卡夫卡……那么，您是因为阅读了哪些优秀作品而步入了文学之路呢？

答：优秀的作家都是天才，他们从娘胎里爬出来就心怀锦绣，这个叫作禀赋。老子、屈原、李白、杜甫、托尔斯泰、普希金，还有那些"诺贝尔"的获奖者，古今中外，概莫能外。但是，这不表明我也是写作天才。我天生愚笨，且生活在文化贫瘠的乡下。六岁以前不知书为何物，更不知什么叫作文章。1966年入学、1976年毕业，整个基础教育阶段皆处"文革"。之所以能忝到作家之列，完全是因为课文。那时候焚书破旧，闭关锁国。除了语文课本，没有任何文学书籍可读。我就是受当时课本中的《祥林嫂》《白杨礼赞》《谁是最可爱的人》《西去列车的窗口》的影响，爱上了文学有了写作的冲动。我想不单我，也包括那些天才并不是生出来就成了作家，成了诗人，是阅读给了他们开启智慧宝库的钥匙，放出那些千奇百怪的精灵，它们化出光怪陆离的缥缈世界，为现实世界的人们建造一座座精神家园。让你哭，让你笑，让你为本不存在的人和事死去活来。

　　我是1978年在梨树师范读书时步入文坛的，发表的第一篇文章是散文《公社的大坝》，典型的杨朔风格，有《雪浪花》的痕迹，先发在县里的《梨树文艺》，之后被《红色社员报》全文转载。我发的第一首诗是《不要睡去》，刊物名字叫《青春》，是南京文联主办在全国较有影响的文学期刊。发的第一组儿童诗在《吉林日报》，是已故的著名诗人万忆萱亲选。应该说我是幸运的。庆幸在那个渴望文学崇尚文学的时代我混入了歌者行列，并一直坚持到现在。我不是天才，我验证了海明威的说法，作家最好的训练就是辛酸的童年。我九岁丧母，十四岁丧父，是个孤儿，童年的辛酸可想而知。但我遇到很多好人，也得到很多帮助很多温暖，因此，现在还能好好地活着好好地工作好好地写作。若问是什么支撑我坚持创作，我的答案是只为阅读和写作能让灵魂纯净，只为能用文字表达自己内心的情感，并能为文化传承文学养德文学济世尽一份微薄之力，别无他故。

记者：三十多年时间里，有哪些作家和作品令您百读不厌？能否给我们介绍一下原因？

答："文革"以后，文艺复兴。一批老作家青春焕发，一批新作者强势崛起。一批古典现代文学名著重见天日，一批外国文学经典进入国门。曹雪芹、托尔斯泰、川端康成、巴金、老舍都是我喜欢的作家。当然，我更喜欢李白、杜甫、歌德、普希金。在儿童文学方面，格林、安徒生，还有严文井、冰心、金波。我认为他们都是天才写作，情感写作，良知写作，读了让人心里温暖。在当代作家诗人中我比较喜欢孙犁、邓友梅、季羡林、艾青、牛汉、贾平凹、北岛、林莽，原因很简单，才气和良知。我特别喜欢的书有两本，一本是美国盲人作家海伦凯勒的《假如给我三天光明》，一本是法国作家圣埃克苏佩里的《小王子》，百读不厌，常读常新。

记者：阅读影响创作，创作影响人生。请您谈一谈阅读和创作给您的成长和人生带来哪些影响？

答：我读书读得很杂。案头床头的书很少是文学作品，历史、哲学、文化、宗教、艺术都是无事乱翻的对象。我认为阅读经典就是和圣贤对话，就是聆听教诲。它可以时刻校正我的人生，时刻给我理政的指导。写作也是一样，写作的过程就是梳理思想的过程，一首诗，一篇散文，一个童话故事，主题的确定，形象的选取，故事的结构，都需要作者从内心出发，去寻找真善美的形象，这本身就是自我教育。做个好人才能写出好的文章，做个好人才能当个好官，人民公仆，人民作家心中没有人民，心中没有真爱一切都无从说起。

更现实、更具体的是，因为读书坚持用文化滋养自己，让我从一个农村孩子转化为一个文化人，并彻底地脱离了农民的狭隘。因为写作，给我带来了社会声誉改变了我的人生轨迹，由一名师范教师变为党务工作者，并成为一名领导干部。

记者：有很多人认为，写作需要安静的环境，而您的工作决定您拥有安静环境的时候并不多，从您发表作品和出版图书的频率看，繁重的公务与创作似乎没有成为"天敌"。您是如何做到闹中取静、坚持写作的？

答：专业作家、职业诗人是现代中国的特色。国外没有，中国历史上也没有。在中国古代，官员写作稀松平常。屈原、李白、杜甫、白居易、韩愈、曾巩、柳宗元，还有王安石、范仲淹、苏轼，哪个不是官员？写作不同于当裁缝，天天得琢磨怎么裁、怎么剪、怎么缝。它是精神劳动，心理活计，不需要那么多物理时间。没有人24小时不吃不喝不玩不睡光干工作吧？别人喝酒、下棋、健身、打麻将是休息，对我来说读书写作也是另一种休息。读一篇文章，一首诗，一个童话，或写一首诗，一个童话，一篇文章，愉悦之情不亚于一次身体按摩，那是更高层次的精神享受。我体会官员写作有两点好处。一是作为官员，经历和处理事物的过程，是专业作家无法体会的甚至无法了解的。他理性思维的能力，对事物本质的观察，思想的深度，都是专业作家无法达到的。因此官员从事写作更容易贴近生活揭示本质突出主题。二是作为作家，思想特有的敏锐，对人对事情感的丰富，超强的想象力，也是职业官员所不具备的。这会让你在工作中更有激情更有创造力。至于二者关系，我认为没有矛盾，更谈不上"天敌"，而是相得益彰相互促进。我说过这样的话，工作是我的职业，爱岗敬业是本分也是原则。写作是我的事业，是生命的一部分是一种生活方式和社会责任。工作时间不写作，全心全意尽职尽责。休息时间少想工作，专心读书专心写作。这也许就是工作和写作两不误的基本原因。

记者：党的十八大报告号召"开展全民阅读活动"，今年"两会"上李克强总理在政府工作报告中再次"倡导全民阅读"，请您谈一谈对全民阅读的认识，作为一个作家应该承担什么样的使命？

答：倡导全民阅读，我觉得这也许是一个民族再次觉醒的表现。一个没有文化的民族是没有希望的民族。中华民族五千年历史，从一开始就播下了文化的种子。特别是春秋战国以后，儒家文化的传承让我们的民族更加强大。千百年来朝代更替外强入侵外族统治，江山几易其主，但最终皆被同化。这就是中国民族文化的力量。近些年来国门打开，拜金主义、享乐主义、现实主义如洪水猛兽，随着经济大潮汹涌澎湃，冲垮了全民的思想防线，道德防线，全民娱乐让民众越来越麻木不仁，这是十分危险的。全民阅读不仅仅要读文学，文化、艺术、哲学、历史、科学技术都应该读。我主张读书要读经典，那是经过时间淘洗留下的精华。古今中外都要读，大人孩子一起读。不厌其烦反复读。读书就像烧荒，就像播种，相信坚持下去假以时日，文明之花就会覆盖起文化荒漠。作为作家坚持良心写作播撒读书种子这是天职，责无旁贷。

记者：最后，请您为推动全民阅读写一句寄语。

答：借用一句老话，好读书，读好书，好好读书；读书乐，乐读书，快乐读书。

夜耘斋日记

 今天是第八届全国书市的最后一天。早上到班上翻包还为那几张废票惋惜。票虽是官家发的，可也是花钱买的啊，那是进书市的通行证，没有价值两元的它，无论你有什么理由，看门的保安人员也不放你进去。

 上班不多时，报社的小钟打来电话，我疑心是来索要稿债或是兴师问罪。书市前这位女士约我为报纸写一稿关于书市的言论，可未及成篇我就应邀去长白山下的抚松开会。此间小钟将电话打到家里，认真的妻子又将言信传到抚松，当时我正在池中泡温泉澡，让同去的同事回话，说如果会散之前必要，就请她另找他人。四天后返回长春，妻说她没再来催要。之后几日官事缠身，便将这事给忙忘了。九月三日，同事相邀去逛书市，一提书字便想到了稿债，心想她定是另择了他人，窃想又躲过一劫。不想这书市将散，债主又来催要，心中叫苦不迭。可能是因为我拿话筒沉吟过久，电话那一头便猜出了我的心思。一串脆笑之后，她说："您别担心我来逼债，我是给您报告好消息的。这次书市组委会设立了读书征文奖，您获了奖了。"我的稿子没写获什么奖啊？我正疑惑，小钟又说："是您早先写的那篇《读书苦乐》，因为发在书市间，我们也作征文处理了。"真是羞煞我也。俗语说朝中有人好做官，今天是征稿有人好得奖。奖品并不贵重，是本市出版社出版的两套丛书，其一为《世界名城》，乃我身边的一位儒官所编，另一套是《漂泊者之旅》，受之虽愧，但还是欣然接了。

　　午后料理完官事，便要了车急赶至书市的展销大厅。这里虽没有几天前来时的热闹，但还是有很多人挤在正撤的摊位前。正门有人把守，侧门有人把守，后门有人把守，只许出不许进，可还是有一些好书者在那儿软磨硬泡，可鉴长春这座城市读书之风是何等之盛。小钟通知我是三点开会，到了会场才知她是怕我不能准时，才来了个一小时的提前量。看来这次欠债怕是累及了人格，她不相信我一定能够守诺。呜呼，君子慎行，我却因偷懒而让人格在书市上失重。四点钟各路神仙陆续来到，书市组委会中的省市领导也坐上了主席台，大会第一项是由省新闻出版局的一位领导公布本届书市的成果，据他所言，规模之大，书客之多，成交之巨，乃历届书市之首，而且创下了几个第一。长春不愧为科技文化城，文化品位、文化氛围虽不能与京都相比，但从这次书市可知，亦是其他城市难于匹敌。按组委会的要求，我要作为代表上台领奖，面对闪动的灯光和齐刷刷的摄影镜头，心里好不紧张。因为经常和领导一起开会、调研，电视也上过无数次，但这次是在众目睽睽之下，真不知脚该咋抬，手该咋放。

下台后本该轻松一下，可电视台的记者偏要采访。采访我接受过，可那是报纸和电台记者，又不是在众目之下。但那时似乎也很紧张，记得采访录音播出后，妻子说像孙敬修老爷爷讲故事。那是儿童节前夕，作为为孩子写作的人，我还真恨自己学得不像呢。这次是电视采访，心里当然紧张。当镜头对准我时，我感到汗珠已在额头上淌了。现在已记不清当时说了些什么，好像除对书市进行评价外，主要谈了一些感想和希望，比如书市是读书人的节日，现在节日很多，但就是没有读书节，希望长春今后不办书市而办读书节，就叫"中国长春读书节"。不知记者小姐对我的回答是否满意，但在他的微笑中我的心已经释然了。

散会的时候，来领书市农村分市组织奖的九台市市长助理李忠彬与我同归，本不该属于我的两套奖品书就转送给他了。老话说："命里有时终须有，命里无时莫强求"，看来这书也不例外。

诗情澎湃六月天

　　长春，这座城市的名字本身就是一首诗。特别是在这冰天雪地的北方，只要你不经意地叫上一声，心里都会顿生无限温暖。更不说时序已进入六月，迎春花、丁香花、杏花、桃花，从市中心的人民广场沿各条街路向四面八方热热闹闹地开去。燕子已经归来，和各种各样北归的鸟儿一起在城市上空呢喃鸣啭。还有蜂啊、蝶啊，也在暖阳中忘情舞动。各色树木像孩子一样全部着上了新衣，像似过节，又似要迎接什么重要的客人。

　　这一天，这座城市确实来了一帮子客人。在长春广电中心艺术剧场，中国作协副主席张炯、高洪波，诗评家谢冕、刘福春，《诗刊》主编叶延滨、编辑部主任林莽，《星星》诗刊副主编靳晓静，以及来自全国各地的获奖诗人耿国彪、老铁、风子、闫秀娟、安顺国，在长诗人宗仁发、张洪波、江维青、纪洪平等五十多人，在长春市委、政府领导陪同下，和长春的诗歌爱好者们一起欢聚在这座充满诗意的城市。他们在镁光灯下举办《中国，有座城市叫长春》诗集首发式和中国作协诗刊社"春天送你一首诗"大型公益活动，泉阳泉杯"中国，有座城市叫长春"全国诗歌大赛颁奖仪式暨"中国，有座城市叫长春"诗歌朗诵会。当时，虽然"5.12"汶川地震已过月余，但全国人民仍然沉浸在为死难同胞的哀痛中。所以，朗诵会的会场布置让宣传部和电视台的同志们煞费苦心。热烈而不失庄重，素雅而不致沉闷。宣传部在会前决定，把我为赈灾写的一首诗《致汶川兄弟》临时增加为朗诵会的内容。征求我的意见，我很为难。因为会上还要朗诵我的另一首诗《长春，叫一声心里很暖》，那是我的心仪之作，也是专为这次活动写的一首诗。如果两首都上，作为大赛的参与者、组织者、特别是筹划者，怕有假公济私之嫌。可他们说这两首诗一首代表长春人对这座城市的情感，一首表达了长春人民对灾区兄弟的心声。诗已发表是公共产品，个人的意见已无足轻重。最后，决定一首用真名，一首用笔名。朗诵会气氛异常热烈，诵者如泣如诉，听者如醉如痴，余音袅袅，掌声阵阵。据诗刊社的朋友说，这是近年来此项活动最为精彩的范例之一，这表明长春这座具有科教文化优势的城市与诗首度合作获得巨大成功。让一个诗意的城市真正有了诗的内涵。

举办这样一次大型文化活动并不是一件容易的事情。

它需要机缘，更需要许多人为之不懈努力。2007年，诗刊社"春天送你一首诗"第一次走进东北，在松原举行"查干湖，美丽的湖"诗歌大赛颁奖晚会。当时，我作为嘉宾受邀参加。此前，作为大赛活动的重要内容，查干湖旅游开发区曾邀请著名诗人牛汉、邵燕祥以及上一届活动获奖诗人中原马车等到松原采风。诗人们路过长春，作为诗友，我和《作家》主编宗仁发、吉林大家文化传播公司总经理张洪波出面接待，以尽地主之谊。那是我和诗人、诗歌活动家林莽先生首次会面。谈诗，谈诗刊社组织的"春天送你一首诗"活动。当时暗想，松原能搞，长春为什么不能搞？松原有查干湖，长春有净月潭，同为景区，净月潭并不比查干湖差；同为文化符号，净月有长春做背景可能更丰厚。但是，以净月为主题，长春就隐在了背后。其实长春同样是文化符号，长春更具有诗意，长春也更需要诗人和诗歌为之增添文化内涵。我把这种想法泡在酒里，喝进肚里，装在心里，带入梦里。第二天把它说与洪波，又说与林莽，提出下一次活动可否走进长春，举办"中国，有座城市叫长春"全国诗歌大赛，大家都表示赞同。但活动谁来组织，谁来承办，市里能否同意，这是必须考虑的问题。他们走后，我向宣传部长王振华同志做了汇报，他表示支持，并同意做主办单位。半个月后，由洪波出面和林莽再度磋商，"春天送你一首诗"决定在2008年携手长春。

　　搞活动离不开经费。大家文化公司同意承办，但大家文化公司刚刚成立，无力出这笔资金。这时，我们想到了一个人，林业诗人森工集团董事长柏广新。推杯换盏，诗酒同乐。出于对诗和对长春这座城市的热爱，森工集团决定买下"中国，有座城市叫长春"全国诗歌大赛的冠名权，所以就有了"春天送你一首诗"大型公益活动"中国，有座城市叫长春"泉阳泉杯全国诗歌大赛。2007年6月10日，中国作协诗刊社和中共长春市委宣传部在长春举办了大赛启动仪式暨新闻发布会。会后，森工集团、泉阳泉矿泉水的名字和"中国，有座城市叫长春"全国诗歌大赛的消息飞遍全国乃至海外。一时间，人们在报上、网上热读长春、热议长春，诗人们则热写长春。从2007年6月10日开始至2008年6月大赛结束，共收到一千五百多位诗人的三千余首参赛诗作。参赛作者遍及北京、上海、天津、河北、山西、内蒙古、辽宁、黑龙江、吉林、江苏、浙江、安徽、福建、山东、河南、广东、广西、贵州、陕西、甘肃、云南等省市。中国作协副主席、诗人高洪波亲自写了《有座城市叫长春》的长诗，以示对活动的支持和对长春的情义。其间，长春市委宣传部、大家文化公司还组织北京、辽宁、黑龙江以及吉林十四位著名诗人到净月潭、电影城、一汽进行采风。时值暖冬，诗人们踏雪而歌，迎风起舞，激情澎湃，其乐融融。两天时间，大家早出晚归，并于大家文化公司的诗人之家秉烛夜谈，饮茶，饮酒，饮诗，饮情。所有人无不为这座城市感叹，为这座城市的诗人感叹，更为诗歌能拥有这片沃土感叹。李琦、马合省、柳沄、薛卫民、张满隆、林莽等等，在这次活动中写出了一批以长春为文化背景的好诗，这是长春这座城市的财富。

在这里还要写上一笔，长春四海房地产开发公司在大赛资金紧张的时候，董事长、诗人赵超先生慷慨解囊，出资印制了朗诵会的宣传诗笺。大家文化传播公司无偿承办，张洪波先生倾尽全力做好每项具体工作。还有宣传部长王振华、副部长吴鸿韬、韩忠宝，巡视员陈风华、处长姚丽、刘颖、江波，长春广电局长崔永泉，电视台的工作人员等等，都是这次活动的功臣，还有省作协主席张笑天、省文联党组书记杨廷玉、省作协副主席张未民、《作家》主编宗仁发，都给予活动以鼎力支持。诗人们要记住他们，诗歌要感谢他们。同时，更要记住长春是一座富有诗意的城市，长春有一群热爱诗歌的人们。

为诗人加冕

　　夜来无眠。躺在如水的月光里，又想起许多和工作无关，却和这座城市，和这座城市的文化有关的事儿。长春是以汽车、电影和绿化闻名的，2008年却与诗和诗人结下了太深的缘分。6月14日，由中国作协诗刊社组织的"春天送你一首诗"大型公益活动，"中国，有座城市叫长春"泉阳泉杯全国诗歌大赛刚刚拉上帷幕，6月15日，由中国少儿出版社《儿童文学》杂志社组织评选的2007年度儿童诗十大魅力诗人颁奖仪式即在净月潭森林掩映的月潭宾馆举行。《儿童文学》主编徐德霞，活动组织者诗人金本，获奖诗人高洪波、谭旭东、莫问无心、冰岛、薛松爽、张泉、胡建文、张怀存等，在长著名儿童诗人薛卫民、张洪波以及长春市文联，吉林省大家文化传播公司的工作人员都聚集在这里。大家共同感受长春人特有的热情，长春城市特有的美丽，长春人对诗人和诗歌的热爱。大诗人、小读者，倾情交流，气氛热烈。

其实，这个活动本和长春没有关系。2007年度，卫民、洪波和我以及长春的其他几位儿童诗作者，都没有参加《儿童文学》组织的这次诗歌展示和诗人评选活动。之前一个月，金本先生打来电话，说他们和南方一个城市文联联合搞了这次活动。因合作方出了问题，颁奖仪式无力举行，希望我和长春有关方面联系提供帮助。金本是儿童文学界的前辈，是2000年秋天太行诗会结识的老朋友，《儿童文学》杂志又是培养过我等儿童诗人的重要园地，临急求助，岂有不伸援手之理。我找到月潭宾馆主管部门的领导，找到市文联，找到大家文化传播公司，大家都表示愿意合作、愿意支持。于是，长春再度与诗、诗人携手。

当时，"5.12"汶川地震刚过，我们正在紧锣密鼓的筹备"中国，有座城市叫长春"诗歌大赛颁奖仪式和朗诵会。为了让十大魅力儿童诗人也感受到长春的文化氛围，特别是长春的诗歌氛围，提议他们这个活动和中国作协诗刊社"春天送你一首诗"大型公益活动同时次第进行。德霞、金本接受了建议，并率获奖魅力诗人们参加了"中国，有座城市叫长春"诗歌朗诵会。

这次十大魅力诗人活动最有趣的事儿就是安排我为高洪波颁奖。高洪波是中国作协的副主席，是著名诗人和作家，像我们这一代作者都是读着他的作品开始学习写作的。可今天我是地主、是嘉宾，能为他颁奖当然十分荣幸，可坐在那儿心里还是有些惴惴不安。当工作人员把奖杯递过来的时候，我的手似乎有些抖。洪波好像看出了我的窘迫，连说这个安排好，过去都是我给人家颁奖，今天老朋友给我颁奖，好。眼睛就笑成了一条缝，立起魁梧的身躯，伸出胖胖的大手，然后就是两双手共同捧着奖杯，在记者的镜头里永远定格。洪波说他十分愿意接受这个奖项，他说这是小读者评出来的，它没有假，说明孩子们真正喜欢他的诗。薛卫民、张洪波也作为颁奖嘉宾，他们代表《儿童文学》，更代表长春把一份特殊的荣誉颁发给来自北京、广东、山东等地的获奖诗人。这是诗人的荣耀，也是长春这座城市的荣耀。我在颁奖后的座谈会上说，长春是一座神奇而美丽的城市，它不仅是中国汽车的摇篮、电影的摇篮，更是一片文化的沃土，它在盛产玉米、大米的同时，还盛产作家、盛产诗人。就儿童诗人而言，长春就有胡昭、高帆、姚业涌、薛卫民、张洪波、钱万成等一批在国内有影响的作者。目前，除胡昭先生已经过世，其他诗人都保持着旺盛的创作态势。一个城市同时拥有这样一批有实力的作者，在国内外都十分罕见。他们每个人在全国乃至全球都拥有一批读者，阅读他们就等于阅读长春这座城市，这是这座城市的财富。目前，这些人的效应还没有发挥出来，他们的作用还没有用好，可以说这是一种浪费。我把我的想法说与在座文联的同志，他们表示，在今后的工作中一定关注。

参与这次活动的还有一个人，他既不是组织者，也不是获奖者，更不是东道主。他是我的客人，江苏通州文联的张锋。小伙子精明强干，一个人办了一本在全国很有影响的刊物，还组织发起了"唱响荣辱观"新儿歌征集推广活动。那次活动影响很大，轰动全国。顾秀莲、张怀西、彭佩云、孙家正都为这次活动题词以示支持。我和金波、樊发稼都为小伙子的热情所感动，成为首批参与者和倡议者。他这次还是为新儿歌的推广而来，我邀他参加活动，也希望儿童诗界接受他这位新人。一个县级市的文联，一个刚出校门刚进文学殿堂的后生，能做出如此惊人的举动，事业心、责任感令人感佩。至此，不知那些吃官饭的专业人士做何感想？此为赘言。

相聚自然村

　　长春城南二十里，有一片低矮的山丘。树茂林深，绵延百里进入伊通县境。林间有一片水，方圆六七十平方公里，这是20世纪五六十年代建造的水库，叫作新立城水库，是伊通河上游的一个胃。水库大坝很长很宽，相当于一条四排车道的路要。一面临水，一面栽树。树有高有矮，高者数丈，矮者盈米，参差错落，层次分明。树丛中是水闸，水闸下是河道，河道两侧还是树木，有榆有柳，有楸有杨，间或还有黑松、翠柏。坝下千余米河道以西，有一片楼房，红墙绿瓦，红白相间，大小不等，错落排列，这便是自然村了。自然村不是村，是省上一家机构的培训基地，也可以说是在乡间的宾馆。这里依山傍水，景色迷人。特别夏季，树长得比城里绿，花开得比城里香，空气比城里清新，气候比城里凉爽。所以，当地人都愿意到这里来度周末。一家老小，或兄弟数人，结伴同行。到坝上吹吹凉风，到田间挖点野菜，或是乘船去远处垂钓，或是坐在树下打牌。还有的会在两树之间挂一张吊床，躺在上面看书，看累了就闭上眼睛睡觉。当然，这里更是接待重要客人的好地方。尤其是外地人来到长春，香格里拉住够了，南湖宾馆也不想去，去哪？就是自然村。经济、体面、舒服。

戊子年八月，作家任林举发来一条信息，说开全国散文刊物年会的杂志老总和散文家们在自然村聚会，希望我能参加。接到信息的时候，正在会场开会，手机一震便分了神，想这样的聚会该不该去，想到了宴会上都会见到谁。我开始用熟悉的刊物对号，《散文》的主编叫刘雁，我不认识，他们有个编辑叫鲍伯霞，这是我未曾谋面的老朋友，十几年前就通过信，也还编过我的稿子。《美文》的主编是贾平凹，这是个了不起的人物，小说写得让人看了神魂颠倒，散文写得更是令人如痴如醉。二十几年前，我开始写作的时候就读他的作品，《丑石》《月迹》都是那一时期的名篇，特别是后来读他的散文全集，看了《笑口常开》《风景》以及商州系列，对他更加崇拜。他有很多轶事，比如，去天津给孙犁送礼，在家和妻子想了三天，才决定送书架上那匹骆驼。纸包纸裹，装在包里，搂在怀里，下火车、上汽车，等到了天津下榻的地方，骆驼腿只剩一条；他回老家，花高价从侄子手里买来一个古老的银镜，挂在书房里，见人就夸耀这是一件宝物，自从得了它，身体也好了，文章也写得更加精彩。并告诉人家，只能看不能摸。一日，他正向一位文物鉴赏家炫耀，人家告诉他，这是民国的铜镜，不是什么银镜，从此再不敢张狂；还有，他去一处旅游，扔掉一袋刚买的红薯，却捡回一个榆木疙瘩，把它当成琵琶放到书房里，一旦累了、苦闷了就去弹拨。等等。这些事儿有的写在他的文章里，有的写在别人写他的文章里，有的则是朋友茶余饭后的谈资。那年我去西安考察，曾想让西安市委安排见他。那时，他正因《废都》受困，心情不好，身体也不好，于是只好作罢。试想，这次如果能在长春见他，亦是一件幸事。我想告诉他，我喜欢他的字不喜欢他的画。

我赶到自然村的时候，宴会已经开始。主请位置的椅子空着，桌上摆着有我名字的牌子。环视，主桌除仁发、洪波、有源、林举几个地主外，客人一个也不认识。林举就开始介绍，说这就是钱万成。我说，"钱万成不是已经摆在桌子上了吗，怎么就是我？"大家就笑。他便开始介绍客人，古耜、穆涛、王剑冰、葛一敏、贾兴安，然后又转到另一张桌子上介绍，黄海、麦婵、马倩、王聚敏、王兴清、丁尔文、初国卿等等，还有几个他也叫不上名字。我就说，就这样介绍一点没用，谁一下子能记住这么多名字？还是先喝酒，酒到情到，人自然就认识了。之后，酒就开始一杯一杯地喝，瓶就开始一个一个地空，话就开始一位比一位多。文人本就无形，酒一下肚就愈加无形。开始的矜持不见了，宾主的客套没有了，兄弟的情感上来了。长幼无序，口无遮拦，俨然多年老友，情深故交。我乃无量之辈，半斤，面红耳赤；六两，语重音高；七两，搂肩搭背；八两，两腿发飘。兴到极致，竟忘了自己的身份，滔滔不绝地推介起这座城市。先卖汽车，后是卖楼，再卖空气。说一汽的车有多好，说长春的房有多便宜，买车买房还可以打折。说长春的空气好，二级以上优良天数全国第一，虽然带不回去，可以来长春度假，免费供应空气。说得大家心动，还真有人想来长春投资。特别是广州《随笔》的麦婵，竟提出买车送油的要求。气氛之热烈，让本已八九分的醉意顿消一半。

盛夏的傍晚，酒后天边尚有一抹残阳。大家就提议合影留念。沿着开满鲜花的小路走到他们下榻的楼前，东拧西挣站成一排。拿相机的人就说，人太多了收不进去，于是就有人上了台阶，毁作两排。之后，就是三三两两竞相拍照，忙碌了好一阵子。可遗憾的是，到如今我还没有看到当天酒后的形象。打电话问过林举，他说，照肯定是照了，但七八家杂志的记者，不知在谁的相机里。这批照片长春虽然没有留下，但我相信长春的风景特别是自然村的风景他们已经带走了，但愿这些老总、这些散文家们能记住那个热情、温馨而美丽的傍晚，记住长春这座城市和几个烂醉如泥东倒西歪的人。

那天晚上，我没看到刘雁，也没看到贾平凹和鲍伯霞。会议在第二天上午举行。会后林举和洪波就陪他们去了长白山。再见到他们是两天之后，一行人带着满身的疲倦和满脸的兴奋来参加宴会。上次是接风，这回是饯行。上次是我占了林举的位置，这回才是真正的做东。宾主落座，大多能叫出名字，只有三张脸比较陌生，介绍才知道，她们是天津百花社的甘以雯、鲍伯霞、王燕，一个在《散文》杂志，两个在《散文》海外版。鲍伯霞比我想象的要年轻、漂亮，而且沉静。她说她对这座城市十分熟悉，这儿有她的战友，二十年前她曾在这里当过兵。酒，依然是好酒，本地特产，只是放宽了"政策"。白酒、啤酒、红酒，各取所需。三巡过后，气氛依然"热烈"，言语间已有几分不舍。杯就举得越来越频，酒就喝得越来越多，宾主早已无序，不用我劝他们，而是他们来劝我。要不是有人要坐当晚的火车，恐怕这一餐酒要喝到第二天天明。为了客人赶车方便，饯行的酒没有再安排到自然村，而是安排在市中心的人民广场。酒店就在广场边上，出门就见一片郁郁葱葱的森林。客人就说，我们不是在城里吗，怎么喝了一顿酒就回到了自然村啦？我就笑。长春是全国的绿化模范城，随处都能见到树木，随处都有自然村呢。

今天是2008年洋人的圣诞节，因为要给朋友们邮寄贺卡，就又一次想起那次相聚，想起那一帮默默为他人作嫁衣的人们。他们十分可敬，他们是作家和读者心中永远感激的人。

编辑·老师·朋友

早就想写一篇这样的文字，但恐被他人误为讨好编辑，故迟迟未敢动笔。近来翻阅自己的习作剪样，看看那厚厚的两本铅印文稿，却又突然感到极度不安。我这样不声不响，倒真会让人认为是有了成绩就忘了老师了呢。因为诗虽是自己写的，路虽是自己走的，但若没有那些好心的引路人，我不知还要在诗门之外徘徊多久，或者永远也走不进这个大门，在这些引路人中，我最先结识的就是他——以新格律诗驰名诗坛的诗人——黄淮。

我和黄淮的交往是从1979年开始的。那时我刚刚在一家师范学校毕业并留校当教师，还是个年仅二十岁的毛头小伙子。我爱诗，但不懂诗，常常凑一些华丽的句子斗胆地寄给刊物，那些编辑也真够负责，两三个月后退稿信如雪片飘落，几天工夫就积了半抽屉。开头还总是抱着很大的希望认真地拆看，幻想着侥幸有一张用稿通知，可拆来拆去都是白纸黑字铅印稿笺时，也便无心再拆，索性把它们锁进抽屉，连同我那可怜的希望和叹息。这样既免得心烦，也免得让同事们取笑。可后来有一天晚上，当我一个人坐在办公室里，却又生出了好奇心。我拉开抽屉，拆着、看着，竟然在一个信袋里发现了一封短信，是《长春》编辑部寄来的，署名黄淮。那时由于我很少看刊物，对这个名字还十分陌生，但尽管陌生我还是十分感激，因为那时还从来没有过一个编辑给我亲笔写信。我一遍又一遍地读着，虽说不上字字都是箴言，但却可以说句句都是真话，推心置腹，我真感谢这位好心的编辑。

我在他的信中得到了启示，不再随意胡编滥造。我按着他的意见试写了一些咏物诗和生活诗，寄给几家报刊，居然奏效。白纸黑字，印着我的名，我捧在手里，心跳如鼓，呼呼有声。我成功了，我暗想我真成了诗人。于是我选了数首"精品"寄给《长春》，几天后就接到了回信，我满心欢喜，可拆开一看却是盛夏季节来了一场早霜，信上写着"诗无新意，酷似他人，退你再寄"。我当时心想，真是天大的冤枉，我几时抄过他人？这都是自己的心血啊！接着几次寄稿，同样被退，只是信写得委婉一些。我开始怀疑这个热心的编辑是否真有诚意，甚至有点恨他。

翌年六月，我公出到长春。那时"朦胧诗"正在"崛起"，我也学着写了许多。我满以为赶上了风潮，刚下火车，便从提包里找出"得意之作"，匆匆地叩响了《长春》编辑部的大门。接待我的正是黄淮，他高个、微胖、花发，戴一副落伍的白边近视镜，颇有几分关东汉子的气魄。但说起话来令人失望，文声文气，像个女人。没有寒暄，没有微笑，他公事公办地让我坐下念诗。

> 一株小草
>
> 在石头下探出头来
>
> 风悄悄地走过
>
> 雨悄悄地走过
>
> 太阳悄悄地走过
>
> 只有星星冲她微笑
>
> 只有蝉儿为她唱歌
>
> 她抬不起头来
>
> 她在无声地哭泣
>
> ……   ……

他的眼睛盯着我的脸，听我念这首《无题》。我期待着一句好话，可他皱了皱眉说："诗要情真，这里没有你的感情，也不会是你的感受。"我很失望。他又说："你能说出这首诗的意思吗？"我哑然了。但当时我心里却很不服气，因为我学的是"朦胧诗"，为什么非要说明白呢！

从他那儿不愉快地出来，我去作协找诗人丁耶，想在他那儿为自己找到注脚，争这口气。谁知他对我更是苛刻，说我是"水里的鱼硬往天上飞，土包子专攻洋玩意儿"。这一次拜访的失败，使他们两人原来在我心中的形象大为减色，我用当时诗界最流行的观点为自己解脱，认为这些四十年代和五六十年代造就的诗人和我们有距离。我们年轻，我们在"崛起"，他们保守，他们头脑里有"左"的余毒，他们妒忌我们。

从长春回到学校，我决心"我行我素"，我写了许多，寄出许多，退回许多。有个别者侥幸发表，也只是挤在一角，煞是可怜。我失败了，因为我没有舒婷、北岛、顾城他（她）们那样的经历，也没有徐敬亚、王小妮、叶延滨他（她）们那样的才气。我是农民的儿子，是一个动乱年间上小学又在动乱年间走出中学校门的白痴。我读得书很少，我的认知能力很差，我没出过"山海关"，甚至到中学毕业时还不知北京在北还是在南。但是当时自己还不能正确看待自己，认为上了几天师范，当了师范教师，读了几部诗集便可以成为诗人了，可以和任何一个作者媲美，骄傲的前提是"我年轻"。

我决心不再见黄淮和丁耶，尤其是黄淮。

一年后的一天，校长到办公室，说省里来一个作家访问团，有人打电话来要看我，说是姓黄。我不知是黄淮还是丁耶（丁耶也姓黄），总之我都不太愿见。但终于还是理智战胜了感情，我匆匆地赶到了招待所，来人正是黄淮。这次冷淡的是我，他则热情起来。他好像不记得说我那些难听的话，却叨咕出好多我习作中好的句子。末了，他说："现在农村形势好，有写头，我看你写农村诗很有功力，不妨多写一点这方面的东西"。这次交谈解除了我心中的隔阂，因为听陪同他的孙广深同志说，作家访问团已走，黄淮是专门留下来等我的。我很感动，我相信了他的话，这次我真的成功了。从1981年4月到9月，我写了百余首农村生活诗，90%得到了发表。这时我才认识到自己先前是误解了老师。

从此以后我们的来往日密，他对我诗的要求也日高。他和我订过契约，我给他寄诗必须寄最好的。但尽管这样也常常退稿，总要经过几次反复才能在他编辑的刊物上发一首小诗。记得1984年2月号《作家》发我《乡音集》时，反复三次后还把我调到长春改了一稿。他曾对我这样说过："我当编辑就是这个原则，越是好朋友，越是要严格要求。"起初，我不敢把他当作朋友，我只能把他当成严师。可他不同意，他说："朋友是不分长幼的"。我们结下了忘年之交。

他今年已经四十有五，由于"大革命"中的牢狱和流放生活，使他这中年人已有几分老态。他在吉大读书时就在《诗刊》上发诗，可到现在尚未能出集子，我更为他失去的年华和才气叹惜，他自己却毫无怨言，他说这些年他学到了许多东西，包括"在狱中学会了写爱情诗"（丁耶诗中之句）他说他现在写得少了，他要当好编辑为年轻人铺路，这是多么崇高的精神啊。

京城买书记

听说全国第四届图书展销的消息，是在海燕旅馆里。我们的房间每日都有当日的晚报，可惜每日都跑得很累，回来后便无意去读，积着攒着，竟有四五份放在床头柜里了。那日偶得清闲，于是便拿出来翻看，无意间竟发现了这条消息。

到京后我曾跑了不少书店，东单、西单、燕京、海淀，就连街巷里的书商小贩都得了我不少好钱。听到这消息无疑是一大幸事，妻便到学校告了假（她正在北大学习），决定随我一同去赶这在历史博物馆举办的书展。

海淀到前门中途还要换一次车，当我们赶到那展览文明和销售文明的静雅之地时，时针已跨过九点，早有人大包小捆地出来，我真后悔没起个早赶上头班车。

当我们到了那高大的石门之下，却让人百分之百的失望。右侧的厅门外，三四百人正与七八个警察以及三四个工作人员对峙，一方要求放他们进去，一方说因场地狭窄今日不能再往里放人。前面有些人手掐着门票，后面的大都与我一样，两手空空。吵来吵去，有票的与对方达成协议，闪出一人，外面可放进一人。可两手空空的是绝对的多数，他们仍在与对方纷争，言辞之烈，感情之诚，真让人感动。我没想到这些貌似平常的京客对知识的渴求程度竟超出于我，真乃我中华民族兴旺发达之象征。工作人员的语气已不再平和，"你们不要捣乱，不要让坏人钻空子"之类的言辞实在让人难于忍受。书展收门票是件很新鲜的事，可既然要买好书也就没人在乎，但在报纸上没宣传，现在又不放顾客进去，大家自然不服。我原是认了倒霉，本想听他们的话，明日早来购票，可看见以上情景却压抑不住胸中的气愤。这是文明古国的文明之地，更何况正在展览与销售文明。我本想立刻就去报社反映，并在心中拟好了"书展收票新鲜"的文题。可妻不许，她说这不是在读者面前丢京都人的丑么？

我没想到我这文章到后来还能有几分亮色，这全该归功于那位从侧门出来，给我们带来了希望的使者。他说经研究决定可再卖三百张门票，让我们到大门的台阶外站队等候。北京人行动之快真是我所料不及，转瞬之间，短跑成绩曾在十二秒内的我竟被挤到了最后。要不是妻子得到排在排头的一位同志的关照，说不定我又得失望一次了。

书展在博物馆右二楼的大厅，一排排书架上，大抵有上百万册图书。历史、政治、文学、艺术，无所不有，乍一进时真有些无从下手之感。加上我们还带着儿子，最后只好做出由我选书，由妻带子的决定。不想这事竟被看门的小伙子看到，他的热情使我有些不敢相信。门外的惊扰足以使我半生对这里的人怀有恶感了，所以对这突来暖流竟一时手足无措。可后来我还是把儿子交给了他，因为我对微笑总是很相信的。

　　这一天尽管周折很多，但收获不小，足以使我永志不忘，故做此记以识之。

又是雪花飘落时

——寄中州诗友

又是雪花飘落时。

此刻不知你是走在中州的街上，还是坐在书斋里？也不知你还记不记得这些温柔的花瓣，记不记得那郊野的快乐和发表在雪地上的诗？也许你不会想到我正坐在窗下，一边看雪一边读着你的诗集。你的《苦果》我嚼得很有味儿，我说不太清，总之有点像我们儿时常啃的雪梨。

你走后，在这座关东小城我曾感到几分寂寞。因为没有人能像我们在一起时那样无拘无束。我们谈天说地，更多时是用来唠诗。那时，你刚读完大学返回故里，得到去文化部门工作的许可，马上就来我家，在火柴盒般的小屋一唠就是半宿。你讲大学里的见闻，谈白朗宁和普希金。也谈到你自己，谈你还没有对象，想在诗集出版后再"说个人儿"。你那相声般的语言，激动了整个夜，致使我不得不在心中对你产生妒忌。因为我那一向高傲的妻子听我说话时从没这样入迷。

我们在一起谈诗,经常是争得面红耳赤。和耀江兄在小城中我们是"三足鼎立"。从那时起,我们的诗开始大批飞向全国,我们真高兴,好像每一天都会出现一个新的我们……

可后来你不得不为工作而暂放诗笔,我也不得不在材料堆中沉沦。耀江虽比我们自由,但也苦闷。那时,缪斯曾为我们痛哭。当你为了诗而毅然离乡远去,我曾感到十分震惊。那时我正去大学进修,没能为你饯行。

高兴的是在去年落雪时你回来看我,诗友们在我的陋室中围着妻点燃的火锅一边饮酒一边饮情。那时我正为诗愁恼。真感谢你带来了异地的清风,让烈性的白干儿痛痛快快地下去三杯。

现在耀江也在异处找到了自己的位置,在这窗下观雪的只剩我一人。虽然有些寂寞,但很高兴,高兴你们张开了翅膀,高兴我的兄弟们是真正的男儿。记得我在一首诗中曾经写道:

　　　　男儿的头发是野草

　　　　男儿的骨头比石硬

　　　　男儿的胸襟

　　　　应与世界同经纬

用不着担心

我们年轻，我们都是树

栽到哪一方土上

都能吹出绿色的风

　　现在你在大河之阴已经证实了我的预言。你的《苦果》
不苦，窗外雪花很暖。但愿明年雪落时，你再寄一颗果儿
来。

让文学为人生插上寻找天空的翅膀

今天，我非常荣幸地受杨朴老师的邀请坐在这里和大家交流。今年是我们师范大学建校五十周年大庆，在这个时候能够回到母校，我的心情非常激动，特别是今天母校决定聘任我为学校的教授，我也愿意和同学们一起学习，因为20年前我就是在杨朴老师的指导下顺利毕业，又重新走上工作岗位。我在接受任务之前，确实有些忐忑不安。因为我是一个非学者也是一个不很称职的官员，用我自己的话说就是半文半政。半个作家，半个官员，半个官员是因为在工作岗位上，我不十分称职，虽然做了很多努力，也付出了很多辛苦，但是按照组织的要求和我距离个人的意愿还有很大的差距。作为作家我同样是不称职的，因为我的作品虽然发表很多，在社会上也有一定的影响，但是都是些速朽的玩意儿，真正能够打动人的，和真正将来能流传下去的，目前我感觉还没有。那么，我为什么还要斗胆地坐在这呢？后来我想我毕竟是这所学校培养出的学生，老师把我找回来叫我跟大家交流，其实目的只有一个，就是大家都处在成长期，成长需要立志，立志需要指导，因为我毕竟在人生这条路上比你们走得远，在我讲述自己人生经历的过程当中，也许对你们能有一些借鉴。所以，基于这种想法我就不推冒昧，坐在这里和大家进行交流。这不是报告，也不是演讲，就是交流，就是对话。交流、对话总要有一个主题。杨老师给我确定的叫"诗与人生"，这个主题很好，但窄了点儿，还是叫文学与人生吧，好讲一些。我想了一个题目叫"让文学为人生插上寻找天空的翅膀"，我们的交流就从这里开始。那么在交流之前，我也想和同学们对一下话，因为大家都是文学院的学生，我想知道大家对文学是怎么理解的？也就是说文学是什么？

（交流后）

那么文学是什么？我觉得文学是人类生活的艺术再现，是人类情感的跨时空交流，是理性的思考，是情感的外露，是生活经验的积累，是青春梦想的展示，这就是文学。这个当然不是教材上写的，这是我个人的理解。可能你个人还有其他的理解。你要如果不认同它，或者你不认识它，它对你来说可能一钱不值！没听说哪个人不懂文学就不生活、不做事，照样生活得很好。但是，你如果爱上它，它就是你的"精神鸦片"。像刚才那位同学讲的，它就让你快乐的时候更快乐，在你不快乐的时候帮你解除烦忧。有一句话，叫文学艺术是人类社会的精神食粮。这句话可以作为我刚才说过那句话的注释，或者是我说那句话、那番话是人家这句话的注释。那么，它可以是阳光，让你的生活变得多姿多彩；它也可以是雨露，滋润你干涸的心田；它还可以是航标，指引你前进的方向。这就是我对文学的理解。你要了解它、掌握它，并且能够运用它，它就会成为你人生的翅膀，让你在理想的天空中自由翱翔。那么，理想的天空又是什么？我想，青春的美好、爱情的甜蜜、生活的幸福、事业的成功，都是我们文学的这双翅膀需要寻找的天空！这些可能大家在书本上没有读过，这是我热爱文学，从事文学创作三十年的切身体会。为了完成杨朴老师交给我的任务，围绕文学与人生这么一个主题，我想和校友们交流三个话题。

第一，是文学改变了我的人生轨迹。今天我想对我自己的人生经历做一次剖白，一是为大家提供借鉴，同时，对我自己也是一种激励和鼓舞，也可能成为一种鞭策。在谈这个问题的时候，我提醒大家把握四条线。第一条线，我的生活背景；第二条线，我的文学情缘，也就是我怎么爱上文学的；第三条线，我的创作经历；第四条线，我的发展轨迹。把握这四条线之后，我要谈一点体会，可能这点儿体会对大家是有用的，前面那些对大家不一定有什么用处。

我的生活背景应该说在同代作家当中比较具有特殊性。我是1959年，也就是20世纪50年代末出生在黑龙江省龙江县一个十分偏远的山村，我是土生土长的山里人。三岁的时候，我的祖母就去世了，五岁的时候，祖父就去世了，九岁的时候，母亲又去世了，十四岁的时候，父亲也去世了。我上边有一个姐姐，下边有一个弟弟，姐姐大我七岁，弟弟小我五岁。因为我的父亲只有哥一个，在这四位老人去世之后，就剩我们三人相依为命。作为一个山野乡村的孤儿，生活的窘迫与遇到的困难，大家是可想而知。讲这些对你们在座的来说，我相信你们不是新新人类，如果你们是新新人类的话，你们会觉得我是异类，但是我希望你们不这么理解。我知道你们有很多人有农村生活的背景，或者是你们的父辈、你们的祖父辈有过这种生活背景，但愿你们对那一个时代的生活有所了解，那样可能对你们理解我那段生活经历有好处。我就是在这种生活背景下活过来的，也就是在这种生活背景下成长起来的。那个时代是一个饥荒的时代，是一个吃不饱、穿不暖、没有书读、更不要想象童年会有这个、那个玩具，或者有什么娱乐的项目，像现在的电子游戏机等等。那个时候，农村孩子玩的就是摔泥泡、挣坨子、遛铁环等等，这就是我的生活背景。

我的文学情缘源于一本书，或者叫半本书。在我的文集当中有一篇文章，叫《半本残书》，这是在我十二岁的时候，为我的姐姐到亲属家去取鞋样儿夹，或者过去叫花样儿夹时见到的。过去农村人做鞋要有鞋样子，鞋上绣花有花样儿子。那么这本书就是夹花样子的书。这半本残书后来我知道是什么，是叫《宋词一百首》，50年代人民文学出版社出的，非常薄、非常小，是小三十二开。见到这本书，知道这个世界上存在一种东西，或者现在知道是一种文体叫作诗，读起来很上口，粗略的感受一下觉得里面的意境很美，后来就爱不释手，就把剩下的半本书背下来了。在这种情况下就和文学结下了缘分。同时，跟文学结缘还和童年在山村里听到老一辈讲的三国故事、七侠五义，和我的母亲讲七仙女下凡的爱情神话有一些关系。这是文学的启蒙，也是文学和我的缘分。

第三条线索，就是我的创作经历。我真正发表作品是我在梨树师范学校读书的时候，我是1977年恢复高考之后考到梨树师范学校的。1978年是人民公社成立二十周年，人民公社成立二十周年像我们学校五十周年校庆一样，需要文学作品来对这个历史事件进行纪念。当时梨树县有个文化馆，文化馆的辅导老师叫高继衡，也是一个著名诗人。他找到他的同学，也是我的老师，想叫他写一篇纪念性的文章。我的老师说他现在不太写东西，推荐我给写这篇文章。这篇文章就叫《公社的大坝》。这个没收到文集里，但我在文集的后记当中提到过它。文章是这样写的，我就把自己虚拟成二十年前，也就是人民公社成立的时候一个青壮年的小伙儿，参加修筑公社的大坝，公社的大坝是一个水库的大坝，在抗洪抢险的时候付出辛劳，然后用自己的汗水乃至于鲜血保护了这个大洪水来临时候的大坝，体现出一种大无畏的精神，最后引申为我是大坝上的一粒石子，一粒沙。典型的杨朔风格。杨朔的风格是什么样呢？是一种政治抒情散文，实际当时是一种八股文。它的开始一般都是一个提携的句子，然后叙述一个故事，最后有一段升华。大体就是这么一种模式。

这篇文章洋洋洒洒写了五千多字，先在《梨树文艺》上发表，后来又被《红色社员报》转载，这是我发表的第一篇文章，今年正好是三十年。实际在我发表这篇文章之前，我也尝试了文学创作。我是1976年中学毕业，毕业之后曾在公社理论辅导组做过辅导员。参加过当时人民公社每年夏天兴修水利大会战，早晨五点钟起来，到工地上运土、固坝。那个时候工地上需要宣传，需要鼓动。每个工地上都立一个很大的宣传板，我就是这个宣传板的板报员。我要自己创作作品，为民工们鼓劲。这个时候，我也写了一些"文革"期间那个风格的诗，实际不是什么诗，就是一种顺口溜。但是假如算做文学的话，那也算特殊时期的一种文学。这也是我创作经历中的一部分。1978年发表作品之后，到1980年迎来了我创作的第一个高峰期。当时正值党的三中全会刚刚开完，农村的面貌发生巨大的变化，老百姓分田到户，粮食多了，钱也多了，家家户户也盖上了新房子，这对全国农民来说是一个巨大的鼓舞。这个时候就需要一批反映农村题材的作品来为这种形势鼓与呼，我就是在这个时期真正走上了诗坛。1980年到1982年，我几乎打遍了中国所有大小刊物，从《诗刊》一直到青海省的《翰海潮》，果洛州的一本地级刊物。

1984年我到四平师范学院，也就是我们现在的吉林师范大学来读书的时候，迎来了我创作的第二个黄金期。在我《诗选》当中第一部分，"雄野之风""北方的太阳"这个系列，青春系列的作品包括"抒情"第六号、第七号一直到第十三号，以及在《诗刊》《星星诗刊》《飞天》当时大学生非常青睐的几本刊物上发的作品，都是我在四平师院期间写的。应该说是我诗歌创作成熟期的作品。到了1986年之后，一直到1996年，这时期可能是我创作的第三个黄金期。这个黄金期再延伸下去一直到2000年，是我儿童文学创作的一个黄金期。在这个时期我把主要精力投放在儿童文学创作上，这个时期也写了大量的作品，包括这两年收进上海中学语文教材，北京人教社的教材，也包括我们吉林省即将出版的教材的这些作品，大部分都是这个时期创作的。到了2000年以后，一直到去年，这个时期是我创作的第四个高峰期。这个时期，我写了一大批怀念童年乡村生活的诗，也就是最近两年在《诗刊》《作家》等刊物上，也包括《星星诗刊》即将要发的组诗，都是这个时期创作的。

第四条线，我的发展轨迹。我是1977年参加高考，1978年4月份入学，1979年7月份在梨树师范学校毕业留校当老师。在这之前的1976年，我高中毕业，毕业之后就到梨树县孤家子公社做理论辅导员。从我做理论辅导员那天开始，我就已经从一个农村青年转变到机关工作人员。当时，我的身份还不是一个机关工作人员，当时我的身份是梨树农场第二农机厂的政工干事。政工干事是个什么身份？现在没有这个序列，当时叫以工代干。这就标志着我已经脱离了农村，走上工作岗位。1978年上学，1979年毕业，我就正式成为了人民教师。1982年，我被调到梨树县教育局工作。1984年我又离开工作岗位到四平师院中文系，也就是吉林师范大学文学院的前身来读书。1986年我又回到梨树县，到县委组织部去工作。1988年我调到长春市，在长春市工商局工作，1990年到了长春市委办公厅，一直工作到现在。这就是我的发展轨迹。在几个关键的节点上，比如说，我从一个学生转变为教师，从一个教师转变为一个教育行政管理机构的官员，又从一个管理官员作为当时县里的后备干部，到我们四平师院来进修，从师院毕业之后到组织部门去工作，每一步无不和文学有关。所以，这就是我最后要给大家作的总结，就是文学它虽然没有直接给我地位、给我利益，但是它给了我锻炼，给了我鼓励，给了我自信，给了我荣誉。正是因为有我在文学创作上的取得的这些业绩，我才能得到一份我原来预想不到的工作。假如说我不在上学之前就从事过这种探索式的文学创作，我不会得到从农村走进城镇的机会，因为板报员也是竞争十分激烈的。当时在我们那一个小小的人民公社，想谋取这个岗位的人那也不下几千人。千里挑一能把你挑上，为什么？就是因为你具备了比别人多出的一块文学才能。所以，对于我来说是文学改变了我人生的轨迹。如果我不是在师范学校读书的四百天中发表了很多文学作品，在梨树师范学校想谋到一个教师的岗位也是十分艰难的。当时，我们同期毕业的学生，比我年龄大的、比我成熟的人，有；比我学问好的人，有；比我有社会背景的人，有。我是一无所有，为什么在那么多同学当中他们要把我留到学校？就是因为这所学校当时中文科缺少一位写作教师。这个活儿交给任何一个人可能他们都无力完成，只有交给我才觉得很放心。在我二十岁的时候，我给三十二岁的学生讲写作课。在当时自己感觉到既是一种荣誉，又是一种压力，但同时更感到很庆幸，庆幸文学让我在激烈的竞争中得到了我原来想都不敢想得这么一个位置。同样，在后来的发展过程当中，也是因为文学，因为文学成就在社会上的影响力，机关在选拔人才的时候，就想到了你，也就是想到了我。等到后来，我从梨树县一个县城调到省城工作，同样是因为文学给我的关怀，让那里的伯乐发现了并不是人才的人才，给了我到省城工作的机会，也就给了我今天能到市级岗位上做领导工作的机会。

此外，我还有一个切身的体会，就是文学给了我刚才说过的锻炼、鼓励、自信、荣誉之外，还给了我激情和活力。杨朴老师到长春邀请校友的时候跟我有过一次交流，他说他感觉到我的成长过程很有代表性，但又有很多疑惑。他说作为官员，你还能坚持文学创作，你在时间分配上甚至包括角色的转换上是怎么做的？你有什么绝招？这个矛盾是怎么解决的？作为一个文人、一个作家，你能够管理机关、带领队伍、协调各方关系，在这种复杂的环境下你是怎么生存并且获得发展的？这很简单，相得益彰，相互促进，是文学给了我激情，给了我活力，使我在工作中更加投入，更加自觉。同时，作为一个机关的管理者，或者作为一个领导团队中的一员，对社会的观察力、洞察力是其他作家所不具备的，因为他们没有这种机会，在这个位置上看问题、想问题、分析问题，乃至于处理问题。正因为我这个特殊的角色，它又使我在工作岗位上为文学创作增添了一种深度。所以，我觉得我做得很轻松、很自如。这要感谢什么呢？要感谢我们的文学院，要感谢我的老师，最重要的是要感谢文学。

第二，只要你认真的审视生活，每个人都可能成为作家。就文学创作而言，我体会它并不神秘。简单地说，就是用简洁、生动、明了的文字记录生活的精彩片断、情感曲线，记录历史经验或者是哲学思辨，文学创作就这么简单。文字是否优美，你是朴素，还是通俗，还是精妙，那是个人的风格问题。你是写诗歌还是写散文，那是体裁问题。所以，我说当作家十分简单。过去，大家可能在读作品的时候都接触过我们老一代作家特别是红色作家的作品，像高士其、王老九等等，他们没有文化或文化很低，就粗通文字，却能写出很多打动人的作品，就是因为他能够认真的审视生活，抓住了最激动人心的那些片段，用朴素的文字把它记录下来，这就是作品，这个过程就是创作。我们文学院的学生每个人都具备这种才能。过去古人讲，"文章本天成，妙手偶得之"，实际也是这个道理，人生当中经历的最精彩的片段，只要你能用文字通顺地把它记录下来，这就是作品。过去有个作家，我记得好像是陆文夫先生，他在谈创作经验的时候曾经讲过，一个作家的创作就是在人生的路上捡石子儿。他的想法是告诉作家要细心地审视和观察生活。当你回过头去，看见五光十色的这么一个物体，那么这个东西本身就有价值，它不是一块金子，也可能是块玉。所以，我希望我们的同学既然我们走进了文学院的大门，大家就应该学会观察生活、感受生活，在你的人生路上，在历史发展的道路上捡拾最精彩的、最光亮的石子儿，可能那是一块金子、一块玉，你把这块金子、这块玉打制出来就是一件精妙的艺术品，就是作品。我们一定要认真地去生活，同时更要认真地感受生活，因为文学即人学，经历就是文章。在这个问题上我不想谈我个人的作品，因为杨老师让我带来两百本书，这两百本书中我有切身的体会，我的作品大多数是写我人生的经历，也有写别人的人生经历，那就是在我人生经历当中或者是在我交往的过程当中有了体悟，或者是受到了感动，我把它们客观地记录下来。你们也可以看看名家的作品，他们也无不是和我有同样的感受。这是我要和大家交流的第二个题目，也就是告诉大家，我们文学院的全体同学都可能成为明天的作家。

第三，只要努力，文学院应该成为作家成长的摇篮。过去有个误解，认为师范院校就是培养教师的，作人民教师很光荣，师范院校培养教师也天经地义，但是作为师范院校的文学院仅仅培养教师我认为是不够的，文学院必须培养作家，要成作家的摇篮。因为，在四年大学生活中，我们每天不是读文学作品，就是听老师指导你文学批评，要不然就是训练你的文字写作能力，你具备这样的条件你不努力去成为一个作家，你甘愿当一个老师我认为是无能。我刚才说过当一个老师很光荣，现在谋到这样一份岗位也很不容易，但是一个老师影响的是一代代的学生，一批批的学生，毕竟是有限的。杨老师从教三十年了吧，三十年你教过的学生肯定有数的。现在文学院一千四百人，我念书的时候不足四百人，就算平均一千人，三十年培养多少人？那么作为一个作家，你的作品一天可能影响几十个人，几百个人，几千个人，几万人，几十万人，你对社会的责任哪个更大，你对社会做出的贡献哪个更高？我觉得这是不言而喻的。所以，我希望同学们要有这种志向。也希望我们的文学院，要在培养好教师的同时把培养作家作为我们的一项重要职责，估计杨老师能同意我的观点，因为当初杨老师也是鼓励我写作的。文学院有得天独厚的条件来培养作家，理工科可能就没有这个条件，所以我们要充分利用这种条件。就我们吉林师范大学来说，我们的文学院在文学创作上是有传统的，杨老师等这一干教授、导师们也曾经培养出许多知名的作家。像写电视剧《咱爸咱妈》的赵韵颖，就是我们学院的学生；还有薛卫民，著名的儿童文学作家，是中国儿童文学委员会的委员；著名诗人于耀江，现在是你们四平市作协的主席；还有民俗学家施立学，文学批评家施占军，小说家朱日亮，也包括我们的院长杨朴。所以，我们文学院既然有这么光荣的传统，有辉煌的业绩，就希望在你们这一代同学身上发扬光大，希望在你们当中能够出几个知名的作家和诗人。这里，我也希望杨院长能积极鼓励同学们创作，为大家创造条件。文学创作说是很简单，但是想真正写出像样的作品，或者说写出传世的作品，没有刻苦的训练也是不可能的。在训练过程中，我个人体会要崇拜经典。我在师院读书的两年中，我感触最深的、收获最大的就是有充足的阅读机会。在那两年里，像俄系作家的作品，欧美作家的作品。现在回想，那个时期读过的文学名著，大概也不下二百部。我体会，阅读名著不仅仅是一种学习，同时更是一种享受。当你与古人对话、与哲人对话、甚至与灵魂对话的时候，它会让你的心灵感到一种安适、感到一种恬静。那种感觉就像沐浴阳光、沐浴春风、沐浴雨露，甚至就像你趟过小溪一样。如果用一个字说，就是"爽"，要是用两个字说，就是"惬意"。当下，在这个电子产品充斥世界的时代，大家可能很难沉下心来阅读名著，但是作为文学院的学生，我希望大家不要错过这种机会。这是别人享受不到的人间美味。在四年大学生活中，不用读二百部，如果你读二十部，真正读透了，读懂了，我相信明天你的作品会比我的好上百倍。这是我要和大家交流的一个重要的问题，也就是给杨老师提的建议，支持大家创作，首先要鼓励大家读书。

我想，如果鼓励大家参与文学创作，社团建设是一个必不可少的条件。我不知道现在文学院有几个文学社，肯定是有吧？希望院里能够加大建设力度。学生组成社团对于相互鼓励有重要作用，我也希望同学们能够珍惜在学校这段自由的时间，大家能够在一起切磋技艺。我在校的时候于丽君老师办个院刊，院刊过去从来不发文学作品，在我的倡导和鼓励下，或者是强烈要求下开设两版专发文学作品，现在我不知道院刊还有没有了？所以，大家应该自己争取阵地，自己创造阵地。现在网络这么发达，像我这样落伍的人还在新浪上有博客，希望你们也开博客，那是最好的平台，自己给自己办一本刊物，谁说不给你发都不好使。你就是主编，只要你想上随时可以上，不受期数限制，当然也没稿费了。希望大家开个博客，在博客上相互交流，我也希望你们到我的博客上看看，我是实名博客，我的很多作品都在上面，目的就在于加大传播力度，相互容易交流。我在博客上有个声明，叫"欢迎阅读，随意转载"，版权不受限制。有的作家声明如有转载须经本人同意，如有抄袭要追究责任。咱不追究，你们可以随便去。在这里我还有一个想法，就是希望我们文学院能够建立一个文学基金，这件事的想法来源于我的一个校友，也是我的师兄，我们在谈论怎么庆祝母校五十周年大庆的时候，怎么做贡献的时候，提出来想为我们学院捐一点资。给文学院捐资我相信数目不会很大，但我们几个同道愿意解囊做点贡献，也包括我今天带来的二百本书，这二百本书肯定不值多少钱，但是它肯定有一些价值，目的在于抛砖引玉，希望有更多的文学同道为繁荣我们学校学生的文学创作做点贡献，那就是建立一个文学基金，奖励你们这些未来的作家。将来我们这个基金建立之后，可以设立一个文学奖，叫新叶奖还是叫新人奖我看都可以，因为文学是一棵常青树，在每个春天都会抽出新的枝，发出新的芽，长出新的叶。文学院也是一棵常青树，我们这一代离校了，你们又进校了，将来你们离开的时候还有新人要来，可能不断有作家涌现。这个新叶或者新人奖可以每年评一次，或每两年评一次，假如说我们哪个同学作品在网络上引起反响，或者在刊物上引起了反响，或者在全省乃至全国获得什么大奖，我们再奖励一下，这样可能用不了三五年，形成一种氛围，我们会再涌现出一批新的作家。那我就期待着在我们学校六十周年大庆的时候，坐在这和大家交流的不是我，而是你们在座的某一位，我热切地期待着。

最后，我还得说一句话，感谢未来的作家和诗人们，牺牲半下午的时间来听一个落伍者的废话连篇，谢谢。